中公文庫

闇夜の鴉

富樫倫太郎

中央公論新社

目次

闇夜の鴉

闇夜の鴉《からす》

一

万年橋を南に渡って、そのまま、すみだ川に沿って歩いていくと、御船蔵《おふなぐら》と牧野豊後守《ぶんごのかみ》屋敷の間を抜けて霊雲院《れいうんいん》の前までは、どこにも明かりの見えない淋《さび》しく暗い道が続く。霊雲院を通り過ぎてしまえば、その先は清住町だから、商家の店先の軒行灯《のきあんどん》がいくらか目につくようになるものの、それにしても薄気味の悪い場所であり、日が暮れてから、ぱったりと行き交う人の姿が絶えてしまうのも無理からぬことであった。

その川縁《かわべり》の暗い道をふたつの提灯《ちょうちん》がゆらゆらと進んでいく。恰幅《かっぷく》のいい中年男を前後に挟んだ二人の浪人者が提灯を手にしているのである。

この中年男は高利貸しの善兵衛《ぜんべえ》といい、浪人者は用心棒である。あくどいやり方で財を成してきた善兵衛を恨む者は多く、用心棒と一緒でなくては外歩きもできないのだ。

「誰だ！」

先頭を歩く用心棒が鋭い声を発し、地面に提灯を置く。相手の姿も見えず、提灯の明かりも見えないが、前方に人の気配を感じたのである。

「ふんっ、物取りかね」

善兵衛がつぶやく。こんな人気《ひとけ》のない暗い場所に息を潜めている者がいるとしたら、追い剝《は》ぎか物取りの類《たぐい》であろうと見当をつけたのである。もっとも、善兵衛は少しも怖れる様子がなく、むしろ、面白がっているようにさえ見える。用心棒たちの腕に全幅の信頼を置いているせいであろう。

「……」

用心棒は鯉口《こいぐち》を切り、腰を沈める。いつでも刀を抜くことのできる構えである。それを見れば、この浪人者が生半可な腕でないことがわかる。

「失礼いたします」

薄暗い提灯の光の中に現れたのは、五尺一寸の塗木玉杖を手にした座頭であった。

「何だ、座頭か。驚くじゃねえか。こんな暗いところを提灯も持たずに歩きやがって」

用心棒が緊張を緩め、刀から手を離す。

「無茶を言うな。座頭に提灯は必要なかろう」

善兵衛がおかしそうに言う。

「仕事を終えて帰るところだったもんですから笛も吹かずに歩いておりました。ご勘弁下さいまし」

座頭が頭を下げて通り過ぎようとする。

用心棒が地面から提灯を持ち上げる。

「失礼でございますが……」

善兵衛の横で座頭が足を止める。

「金貸しの善兵衛さんじゃございませんか?」

「わしを知っているのか?」

「ある筋から、善兵衛さんを地獄に送ってくれと頼まれましてね」

「地獄だと?」

「死んでもらうってことですよ」

「座頭!」

後ろにいた用心棒が刀に手をかける。

が、刀を抜く前に、その手を座頭が杖の柄で押さえつける。用心棒は刀を抜くことができない。

「あんたらは冥土《めいど》にお供しなよ」

「おのれ」

先頭にいた用心棒が座頭に斬《き》りかかる。

座頭は目の前にいる用心棒の襟首をつかんで、くるりと回転させ、素早く体勢を入れ替える。

「ぎゃっ！」

先頭の用心棒が斬ったのは仲間の背中であった。

首筋から左の腰にかけて、上段からざっくりと斬り下ろす。血飛沫《ちしぶき》が飛ぶ。

「うっ」

顔を背け、袖《そで》で目を拭《ぬぐ》う。返り血が目に入り、その瞬間、用心棒は視界を失った。

「目が見えるってのも不便だねえ」

するすると座頭が用心棒の懐《ふところ》に入り込み、抜き打ちに斬り上げる。塗木玉杖には白刃が仕込まれていたのだ。悲鳴も上げずに用心棒が倒れる。これもまた凄腕《すごうで》である。

「た、たすけてくれ……」

地面に尻餅《しりもち》をついて善兵衛が後退《あとずさ》る。口をぱくぱくさせ、目が血走っている。

「金ならやる。ほら、ここに五十両あるぞ」

懐から財布を取り出し、座頭に向かって腕を伸ばす。

「もっと渡してもいい。うちに帰れば、いくらでも金があるんだ」

「いいご身分だ。羨《うらや》ましいねえ。だけど、その金、さぞ、阿漕《あこぎ》なことをして集めたんだろうなあ。泣いてる者や恨んでる者もたくさんいるようだ。殺したいほど憎んでる者もいるらしい」

「待て……。待ってくれ」

「わたしは別にあんたに恨みはないんだけどね」

抜き身が一閃《いっせん》する。

善兵衛は死体になった。

二

抜き身に付いた血を善兵衛の羽織で拭っているところに、

「相変わらず、いい腕だねえ、新一《しんいち》さん」

霊雲院の前に立つ老木の陰から若い男が現れた。

「お世辞は結構だぜ、三平《さんぺい》」

「三人とも死んだかい？」

「ああ」

「ちらと耳にしたけど、こいつ、五十両も財布に入れてたらしいね」

「そのようだな」

「これが自分の物にできたらなあ」

いかにも残念そうに三平が善兵衛の財布を懐に入れる。その財布は、雇い主である森島《もりしま》検校《けんぎょう》のところに持ち帰らなければならない。

「善兵衛の懐にある財布と証文を持ち帰れ」

そう命じられている。

三平が更に善兵衛の懐を探ると束になった証文も出てきた。それも忘れるわけにはいかない。

「片付けろ」

「よしきた」

その道路とすみだ川の間は背の高い葦《あし》が群生する茂みになっている。三平は、三つの死体を順繰りに引きずっていき茂みに放り込んだ。こうすれば、夜が明けるまで死体が見付かることはない。あわよくば昼くらいまで見付からないであろう。

「おい、どうだ？」

手拭《てぬぐ》いで顔を拭《ふ》きながら、新一が訊《き》く。

「大丈夫だ。ぱっと見ただけじゃわからないよ」

「そうか」

新一がうなずく。

三人も斬ったのだから、当然、新一も返り血を浴びている。顔や腕に付いた血はざっと拭き取ったが、着衣の汚れは自分ではわからない。だから、三平に訊いたのである。小袖が紫色だから、少しくらい血が飛んだとしても、明るいところで目を凝らさないとわからないはずだ。

「いいかい？」

「うむ」

三平は提灯を踏み潰《つぶ》して茂みに放り投げた。提灯の明かりがなくなった途端、あたりは深い闇に包まれた。

新一は抜き身を杖に納めると、すたすたと歩き出す。新一には明かりなど必要ないから、歩みの速さはいつもと変わらない。

「待ってくんなよ」

三平が慌てて後を追う。

「くれ」

歩きながら新一が手を差し出す。礼金の要求である。

「これだ」

三平が小さな紙包みを新一に渡す。

「ちっ、また二両か。こっちは返り血を浴びて、小袖も下着もみんな新調しなけりゃならないんだ。割に合わねえなあ。三人も殺《あや》めて、たったの二両かよ」

「仕事のときに着る物なんざ、古手屋《ふるてや》で安物を買えばいいじゃないか。わざわざ普段着を着てくる方が悪いんだよ」

「何を言いやがる。座頭ってのは、身に付ける物まで事細かに決められてるんだ。何でもいいってわけにいくか。小袖は紫、下着は白絹。馬鹿にならない出費だぜ。目の見える者には、わからない苦労さ」

「まあ、そう言うなって。大坂で不始末をしでかして江戸に逃げてきた新一さんを検校様が匿《かくま》ってくれたんじゃないか。本当なら、大坂からの刺客《しかく》に命を狙《ねら》われて、とっくの昔にこの世から消えていたかもしれないんだぜ。この仕事を引き受けるのは、言うなれば、検校様への恩返しだろう。金をもらえるだけでもありがたいと思いなよ」

「こっちが二両で、検校様の懐には、いったい、いくら納まるのか……。そんなことを考えると、やっぱり、腹も立つぜ。かれこれ二年にもなるんだしよ」

「ま、金のことは、おれからも口添えしておいてやるって。文句ばかり言ってないで、今夜は酒でも飲んで、さっさと寝ちまったらどうだい。それが一番だよ」

三平が新一の肩を軽く叩《たた》いて離れていく。

その足音が遠ざかるのを聞きながら、

「使い走りのくせに偉そうなことを言いやがって」

新一が顔を顰《しか》める。

大坂には山村《やまむら》検校を頂点とする闇の組織がある。山村検校の配下には多数の殺し屋がおり、大金で殺人を請け負っているのだ。

かつて新一も、その組織に属していた。

十年前、新一は不始末をしでかして山村検校の怒りを買い、大坂から逃げ出す羽目になった。追っ手の影に怯《おび》えながら各地を転々として、江戸に流れ着いたのが二年前である。

江戸では森島検校を頼った。江戸の暗黒社会の大立て者だ。森島検校の庇護《ひご》下に入ることで、新一は山村検校の追っ手に悩まされることはなくなったが、その見返りとして、新一は、森島検校の暗殺指令を安く引き受けざるを得なくなった。

（こっちがくたばるまで安くこき使って、自分は大儲《もう》けしようって魂胆なんだな）

大坂にいるときには、一回の殺しで五十両もらっていた。手強い相手なら百両だ。それが今では二両である。いかに森島検校に搾取されているかわかろうというものだ。

が……。

文句の言える立場ではない。森島検校と袂《たもと》を分かてば、また大坂の刺客に悩まされることになる。三平が言ったように、生きているだけでもありがたいと感謝するべきかもしれなかった。そうは思うものの、やはり、釈然としない気持ちが残る。

「考えれば考えるほど腹が立ってくる。酒でも飲まないとやってられねえな。今夜は、さっさと寝ちまおう」

不快そうにつぶやくと、新一は足早に家路を急ぐ。

三

新一の裏店《うらだな》は、深川・伊沢町にある。

裏店の木戸のそばで立ち止まり、新一は小首を傾《かし》げた。

（子供が泣いてるな……）

夜風に乗って子供の泣き声が聞こえる。

大声で泣き叫ぶというのではなく、物悲しげにしくしくと泣いているという感じだ。

木戸を潜《くぐ》って歩き出す。どぶ板に沿ってゆっくりと歩く。新一の部屋は長屋の奥、芥溜《ごみだ》めの隣だ。

（泣いてるのは、やっぱり、お春《はる》ちゃんか）

また立ち止まる。新一の部屋の隣は空いており、その空き部屋の隣にお春が父と兄の三人で暮らしている。母親のお筆《ふで》が昨年亡くなり、十五歳の姉・お幸《さち》も小間物屋に奉公に出ているため、七歳のお春が炊事や掃除、洗濯をしている。

父の鉄蔵《てつぞう》は、元々は腕のいい簪《かんざし》職人だったというが、酒と手慰みという悪癖があり、お筆が亡くなってからは、ろくに仕事もしないで酒ばかり飲んでいる。そのため、棒手振《ぼてふり》の見習いをしている十三歳の鶴吉《つるきち》のわずかばかりの稼ぎと、お幸の給金で家計をやりくりしているが、明日の米の心配をしなければならないほど家計は逼迫《ひっぱく》している。

(他人が口出ししても仕方がないか……)

新一は自分の部屋に向かった。

部屋に入ると、着ている物を脱ぎ捨てて下帯《したおび》ひとつになった。

(かなり吸ってるな)

小袖や下着から濃厚な血の匂いがしている。盲人というのは目が見えない分、他の感覚が研ぎ澄まされている。新一の嗅覚《きゅうかく》も鋭い。

(やっぱり、使い物にならねえや)

近々、日本橋・富沢町に出向いて、古着を誂《あつら》えなければなるまい、と新一は考える。

土間に下りて水甕《みずがめ》から手桶《ておけ》で水を汲《く》む。上がり框《かまち》に腰を下ろして丁寧に顔や手足を拭い始める。板敷きに上がって着替えると、さて、酒でも飲むかと円座に腰を下ろす。茶碗に冷や酒を注ぎ、その茶碗を口に運ぼうとして、新一の手がぴたりと止まった。

(まだ泣いてるな)

お春が泣き続けている。新一だけでなく、他の住人たちにも泣き声が耳に入っているはずだが、お春が泣くのは珍しいことではないので、皆、見て見ぬ振りをしているらしい。

どうにも気になってくる。

嗅覚だけでなく、新一は聴覚も人一倍鋭い。健常者には微《かす》かな啜《すす》り泣きとしか聞こえなくても、新一には、すぐ横で泣かれているようによく聞こえる。しかも、いつもの泣き声とはちょっと違っているような気がする。深刻な感じがする泣き方なのである。

「ちぇっ、仕方ねえな」

茶碗を板敷きに置いて新一が立ち上がる。

四

「御免なさいよ」

新一が腰高障子を開ける。

「余計なことだとわかってるんですがね、お春ちゃんの泣き声が気になるもんで……」

返事はない。お春の泣き声だけが続いている。

「お春ちゃん、一人なのかい？」

「うん」

「どうしたんだね、明かりもつけずに？」

目が見えなくても、光の明るさを感じることはできる。この部屋は真っ暗だ。

「……」

しくしくと泣き続ける。

「とうちゃんは？」

「いない」

「腹が減ってるのかい」

「ううん」

「それじゃ、どうして泣いてるんだね？」

「姉ちゃんがね……」

「お幸ちゃんが？」

「売られるんだって」

「え？」

「それで兄ちゃんととうちゃんが大喧嘩《げんか》をして、兄ちゃんは怒って出て行ったの」

「とうちゃんは？」

「とうちゃんも出て行った」

「どこに？」

「金が入ったから、うまい諸白酒《もろはくしゅ》を飲むんだって」

「ふうん、諸白酒ねえ……」

金欠の鉄蔵は、いつもは安いどぶろくを買ってきて部屋で飲んでいる。その鉄蔵が高価な諸白酒を飲みに出かけたというのだから大金が手に入ったのであろう。今頃は縄暖簾《のれん》で飲んだくれているに違いない。

「座頭さん、お願いします。姉ちゃんをどこにもやらないで下さい」

「わたしにそう言われてもなあ……」

「やっぱり、姉ちゃん、いなくなっちゃうの？」

「さあ……」

「ううう……」

また泣き始める。

（困ったもんだ……）

余計なことに首を突っ込んでしまったと後悔したが、後の祭りであった。

「もう泣くんじゃない。とりあえず、鉄蔵さんに会って話を訊いてみようじゃないか。どうせ『きよ川』だろうから。一緒に行ってみようか」

「はい」

お春がうなずく。

五

縄暖簾「きよ川」は、伊沢町と松村町の町境、坂田橋の橋詰めにある。四十代半ばの文《ぶん》治《じ》が一人娘のお陸《りく》と二人で営んでいる小さな店だ。十五年前に女房に先立たれてから文治は男やもめを通し、一人でお陸を育て上げた。

新一とお春が縄暖簾を潜ると、

「いらっしゃい」

という、お陸の元気な声が迎えた。

「鉄蔵さんが来てませんか」

「奥にいるわ。大酔っ払いで寝てる」

「そうですか」

鉄蔵は上がり座敷で大いびきをかいていた。お春がいくら肩を揺すって呼びかけても、まったく目を覚ます気配がない。泥酔している。

「無駄だよ、腰が抜けるくらいに飲んだんだから、地震や火事が起きても目を覚ましやしないぜ」

板場から出てきた文治が呆《あき》れたように鉄蔵を見下ろす。

「そんなに飲みましたか？」

「ああ、飲んだよ。しかも、諸白をだぜ。酔っ払っちまえば、諸白だって、どぶろくだって一緒だよ。味の違いなんかわかりゃしない。何も娘を売った金で諸白をがぶがぶ飲まなくってもよさそうなもんだが、いったい、どんなつもりでいるのか……」

「身売りは本当なんですか？」

「根津門前《ねづもんぜん》の岡場所に七年の年季で売り飛ばしたらしい。それがね、たったの二十両だっていうんだよ。七年年季で廓《くるわ》勤めをするとなれば、吉原なら百両だろう。どこの岡場所だって五十両ってことはない。それが、あんた、たったの二十両だっていうんだよ。よほど相手に付け込まれたのか、身売りの相場も知らずに売っちまったのか。あんなに気立てのいい娘が二十両とは哀れだよ」

　文治が溜息《ためいき》をつく。

「しかも、この馬鹿は、それを、さも自慢げに話すんだから呆れるじゃないか。お筆さんが生きていたら、こんなことにはならなかっただろうに……」

「鉄蔵さん本人にも、そう諭してやって下さればいいのに」

「わしが何を言ったところで、どうにもならんさ。よっぽど叩き出してやろうかと思ったが、うちで飲まなけりゃ、どこか他に行くだけだろう。ツケも溜まってるし、注文通り好きなだけ飲ませてやったんだ。うちも商売だからね。それが悪いか？」

「いえいえ、とんでもない」

　新一が慌てて首を振る。

「そうさ、ひどいのは鉄蔵さ。鶴吉が怒るのも無理はないって」

「鶴吉さん、ここに来たんですか？」

「ああ、鉄蔵を追いかけてきて、危うく店の中でつかみ合いの大喧嘩になるところだった。鶴吉は血走った目で、『その金を寄越せ。それで証文を取り返してくる』って大声を出すし、鉄蔵は鉄蔵で、『この金がねえと、おれもおめえもお春も干上がっちまう。みんなで干上がるよりは、お幸に苦労してもらう方がいいじゃねえか。なあに、岡場所といっても命を取られるわけじゃねえ。小間物屋にいるより、いい物も食えるし、きれいな着物も着られるんだ。七年経《た》ったら戻って来られるんだしな。何が悪いってんだ』なんて開き直っちまってさ。しかもね……」

　文治が声を潜める。

「こいつときたら、『お幸が戻ってくる頃には、お春も一人前の娘になっているだろうしな』なんて笑うのさ。お幸ちゃんを売った金で遊び暮らして、その金がなくなったら、次は、お春ちゃんを売り飛ばす腹なんだ。ひどい父親もいたもんさ」

「それで鶴吉さんは？」

「鉄蔵が言ったのさ、『二十両は、もうかなり減っちまった。借金を返したり、ツケを払ったりしたからな。もう手遅れなんだ。ほら、一両やる。これを十両に増やしてこい。そうすれば、また二十両になるから、それで証文を取り返してやる。それができないのなら、すっぱり、お幸のことは諦《あきら》めろ』。それで鶴吉は、『きっとだな。おれが十両持ってきたら、きっと証文を取り返してくれるんだな』と念を押して、どこかに飛び出していった。たぶん、賭場《とば》にでも行ったんじゃねえかな。だって、一両を十両に増やすなんて、普通のやり方じゃ無理だろう。鶴吉も、時々、賭場に出入りしているようだしね」

「賭場ですか。このあたりで開帳しているところというと……」

「そりゃあ、北川町の五右衛門《ごえもん》親分のところだろう。ふんっ、十手持ちが堂々と賭場を開帳してるんだから世も末だねえ」

「その親分さん、いい評判を聞きませんねえ」

「ああ、町中の嫌われ者さ。昼間は十手を振りかざして弱い者いじめをする。夜になれば、いかさま博奕《ばくち》をする。金のためなら、どんな汚いことも平気でするっていう噂《うわさ》だね」

「いかさまをするんですか？」

「当たり前じゃないか。素人が乗り込んでいって賭場で大儲けできるはずがねえだろう。最初から胴元が儲かるような仕組みになってるんだよ」

「それもそうですね」

「かわいそうだが諦めるしかないだろうな。人でなしでも親は親だ。親が娘を売るというのを誰も止めることなんかできないよ」

「さあ、お春ちゃん。帰ろうよ」

涙ながらに鉄蔵を起こそうとするお春に新一が声をかける。

「それがいい。こんな親父は放っておきな」

「兄ちゃんのところに行きたい。座頭さん、連れて行ってくれますか?」

「そうだね。迎えにいってあげようか」

「おいおい、賭場に乗り込むってのかい?」

「いかさま博奕で小判をなくす前に連れ戻しますよ」

「凄い剣幕で飛び出していったから、間に合うかどうかわからねえよ」

「行くだけ行ってみますから」

「場所はわかるのか?」

「まだ町木戸が開いてるでしょうから、わからなかったら番太郎に訊きますよ」

六

「どうやら、ここみたいだな」

新一が立ち止まって小首を傾げる。

「お春ちゃん、鶴吉さんを探してくるから、ここで待っていてくれるかい？　賭場に子供を連れて行くわけにはいかないからね。そのあたりに天水桶《てんすいおけ》がないか？」

「そこにあります」

「それじゃ、その陰でわたしが出てくるのを待っていておくれ。そんなに手間はかからないから」

「はい」

新一が潜り戸を叩くと、

「誰だ？」

すぐに中から若い男の声がした。

「座頭でございます」

「座頭？　按摩《あんま》なんか、誰も頼んでないぜ」

「そうじゃありません。賭場にお邪魔したんでございますよ」

「目が見えないのに賭け事をするってのかよ」

「金なら持ってますから」

「生憎《あいにく》だが、うちは一見《いちげん》の客はお断りでね。悪いがよそに行ってくんな」

「棒手振の鶴吉さんとは知り合いでしてね。こちらにお邪魔してるはずなんですが」

「ふうん、鶴吉の知り合いかよ」

潜り戸が開けられる。

新一は見張りの手に素早く銀の小粒を握らせる。

「お」

「初めてなもんですから、いろいろと教えて下さいましな」

「ふふんっ、礼儀を心得てるじゃねえかよ。よしよし、こっちにきな。案内してやろう。おれは五右衛門親分の下引《したび》きを務めている直二《なおじ》ってもんだ」

「お世話になります」

七

「何だか、妙な匂いがしますねえ」

見張りに案内されて廊下を進みながら、新一が鼻をくんくんと動かす。

「ああ、これか。うちの親分が一杯やってるんだろう。焼いたニンニクを肴《さかな》にして飲むのが好きでね」

「なるほど、その匂いですか」

「親分は気が短いから、余計なことを言うんじゃねえよ。ここは初めてなんだしよ」

「心得てます」

「さあ、ここだ」

「鶴吉さんもいますか？」

「ああ、あそこにいるよ。といっても、あんたには見えないか。胴元のそばで青い顔をしているぜ」

「青い顔ですか？」

「博奕で負けると、みんな、そういう顔になるのさ。あんたもそうならないように気をつけな」

「ご親切に、どうも」

「おい、松吉《まつきち》」

客の世話をしている若者に直二が声をかける。

「この座頭さんの面倒をみてやってくれ。おれの知り合いだからよ」

「へい」

「それじゃな、座頭さん」

「ありがとうございました」

部屋の中には熱気が渦巻いている。

盆を囲んだ男たちが血走った目で壺振《つぼふ》りの手元を凝視している。壺振りが壺を伏せる。

「さあ、張った、張った」

「丁」

「半」

「半」

「半」

「丁方ないか、丁方ないか」

「よし、丁」

「丁」

「勝負」

壺が開けられる。

「二五の半」

盆を囲む男たちの口から一斉に溜息が洩《も》れる。

そんな勝負が何回か続けられた。

「座頭さん、酒でも飲むかい？」

世話役の松吉が声をかける。

「いや、酒は結構です。ところで、鶴吉さんは、どうしてるかね？」

「もう帰るところみたいだね。ずっと負け続けで、オケラみたいだから」

「負け続けか……。すまないが、鶴吉さんを呼んできてもらえないかね」

「いいとも」

鶴吉が案内されてくる。

「何だ、座頭さんじゃないか」

声に力がない。博奕で負けて気落ちしているのであろう。

「やあ、鶴吉さん。探しましたよ」

「おれを？」

「お春ちゃんが外で待ってるんです」

「お春が？」

「一人きりで部屋で泣いてましたよ。さあ、行きましょう」

「うん」

「あれ、座頭さん、お帰りですか？」

松吉が訊く。

「急用を思い出したんでね。また寄らせてもらいますから」

八

「お春ちゃん」

新一が呼ぶと天水桶の陰からお春が姿を現す。

「あ、兄ちゃん」

お春が鶴吉に駆け寄る。

「わたし、淋しかったよ」

「ごめんな、ひとりぼっちにして」

「裏店に帰ろうか」

新一が鶴吉を促す。

「気持ちはわかるけどね、いかさま博奕に金を賭けるのは、お金をどぶに捨てるようなもんだよ」

「いかさまだって？」

「目が見えない分、耳がいいもんでね。時々、サイの音が違っているのに気が付いたよ。壺振りがすり替えて、サイの目を操ってるんだろうね」

「畜生、あいつら！」

「お待ちなさい」

新一が鶴吉の腕をつかむ。

「どうするつもりだね？」

「決まってるさ。金を取り返してくる」

「いかさまを認めるはずがないだろう。相手は十手持ちなんだから逆らえるはずがない。無駄だよ」

「けど……」

「もう手遅れだとわかったので賭場では黙ってたんだよ」

「あれは大切な金なんだ。いかさまなんかに取られちゃ……」

「まあ、落ち着きなさい。そのあたりで蕎麦《そば》でも食べようか。お春ちゃんも腹が減ってるだろうから」

「放っておいてくれ。呑気《のんき》に蕎麦を食ってる場合じゃないんだ。このままじゃ、姉ちゃんが……」

「相談に乗るから」

「あんたに何ができるっていうんだよ！」

鶴吉がいきなり走り出す。

「兄ちゃん！」

お春が叫ぶ。

しかし、鶴吉は振り返らなかった。

九

新一が仕事に出かけるのは夕方である。

小笛を吹きながら、客に声をかけられるのを待って外歩きをする流しの按摩を「揉《も》み座頭」と呼ぶ。

江戸の座頭は、昼夜を問わず町々を歩くが、大坂や京都の座頭は暗くなってからしか出歩かない。今でもそのやり方が染みついているのだ。

決して楽な仕事ではない。客の体全体を揉みほぐして、その値が四十八文。一晩中、歩き続けても大した稼ぎにはならない。月に一度くらい、森島検校の依頼をこなしていけば、新一は別に働く必要はない。いくら礼金が安いといっても、月に二両あれば人並み以上の暮らしができる。

だが、仕事もしないでぶらぶらしていれば周囲の者に怪しまれるから、世間体を取り繕うために毎晩仕事に出るのだ。とはいえ、さほど暮らしに困っているわけでもないから、一刻（二時間）ばかり小笛を吹いて歩き回ると、さっさと切り上げてしまう。

この夜もそうだった。

日暮れどきに裏店を出て、馴染《なじ》みの飯屋で軽く茶漬けを流し込み、あとは、小笛を吹きながら、ぶらぶらと町中を歩いた。客は二人。稼ぎが九十六文。

（もう帰るか）

懐の銭をじゃらじゃらと鳴らしながら家路を辿《たど》る。

お稲荷《いなり》さんの前を通りかかったとき、「助けてくれ！」という悲鳴を聞いて足を止めた。

それほど遠くではないが、人助けが好きなわけでもないし、厄介事に巻き込まれるのも面倒だから、知らん振りして通り過ぎようとした。

が……。

「うるせえ。命が惜しければ、黙って有り金を出しやがれってんだ」

という声を聞いて気が変わった。

（おいおい、何てことをしやがるんだ）

新一が顔を顰め、声の聞こえる方に足を向けた。

十

「やめてくれ。どうか命だけは……」

「だから、さっさと財布を出しなって」

「おいおい、あんた」

足音も立てずに新一が背後に忍び寄る。

「どこの誰かは知りませんがね、そんな阿漕なことをしてはいけませんよ」

「何だ、てめえは」

「通りすがりの座頭でございます」

塗木玉杖の柄で相手の顎《あご》を殴りつける。

「ぐえっ」

相手が顔を押さえてしゃがみ込む。

「ほら、今のうちだ。早く逃げなさい」

「ありがとうございます。すぐに自身番《じしんばん》から人を呼んで参ります」

一目散に駆けていく。

その足音が遠ざかっていくのを確かめてから、

「ほら、鶴吉さん、立ちなさい。あの人が町役人を連れて戻って来るよ。捕まったら、ただでは済まないぞ」

「くそっ、何だって余計な邪魔をしたんだ」

「追い剝ぎなんてうまくいくはずがない。運良く一度や二度うまくいったとしても、そのうちに捕まるのが落ちだ。捕まれば、軽くて所払い、下手をしたら遠島だ。お幸さんだけでなく、鶴吉さんまでいなくなったら、お春ちゃんは、どうなるんだね？」

「仕方がないじゃないか。二十両揃《そろ》えなければ姉ちゃんが岡場所に売られちまう。時間がないんだ」

「お幸さんは納得したんだろう？」

「誰が納得するもんか。姉ちゃんには好き合っている男がいるんだ。岡場所なんかに行かされたら、きっと心中しちまうよ」

「はあ、心中ですか……。あ、いけない」

新一が顔を顰める。

「こっちに人が来る。きっと、あのお店者《たなもの》が町役人を連れて戻ってきたんだ。さあ、急いで。ここを離れるんだよ」

「触るなよ」

鶴吉は素早く立ち上がると、どこかに走り去ってしまう。

（まったく厄介なことだ）

この面倒ないざこざにますます深く関わってしまった気がして新一は溜息をついた。

十一

裏店の木戸口で、誰かにぶつかった。

「馬鹿野郎め、どこを見てやがる」

その声を聞いて、相手が鉄蔵だとわかった。

「すいません。目が見えないもんですから」

「何だ、座頭かよ」

ひっく、としゃっくりをしながら鉄蔵が立ち上がる。すでに千鳥足だ。

「お出かけですか？」

「まあな」

「うちでも飲んで、また外でも飲むんですか？」

「何だと、この野郎。自分の金で酒を飲んで何が悪いってんだ」

「娘を売り飛ばした金でしょう。あんたが稼いだ金じゃない。その金には、お幸さんやお春ちゃんの涙が染みついてるようですよ」

「てめえ、わしに因縁をつける気か」

「そんなつもりはないんですが、家族思いのいい子供たちがいるのに、どうして父親だけが、こんなにだらしがないのかと不思議な気がしましてね。まあ、子供たちは、おっかさんに似たんでしょうが」

「ふざけたことばかり言いやがって」

腹を立てた鉄蔵がつかみかかろうとする。

新一がふわりと身をかわすと、鉄蔵は新一の足に躓《つまず》いて無様にひっくり返る。

「そんな足取りで出歩くと、そのうち堀に落ちて溺《おぼ》れてしまいますよ」

地面に尻餅をついたままの鉄蔵を後に残して新一が木戸を潜る。

(かわいそうにな、お春ちゃん。また泣いてるんじゃないのか……)

やはり、泣き声が聞こえた。

さすがに素通りもできず、

「入るよ」

と声をかけて腰高障子を開ける。

「あ、座頭さん」

「こんな暗い部屋に独りぼっちでいれば、そりゃあ、泣きたくもなるよなあ。もう飯は食ったのかい？」

「いいえ」

「それなら、うちで一緒に食べよう。汁と飯くらいはあるから。さあ、おいで」

新一が自分の部屋の腰高障子を開けようとして、一瞬、その手を止めた。

「お春ちゃん、先に着替えてしまうから、ちょっとだけ部屋で待っていてくれるか。着替えが済んだら、また呼びにいくから」

「はい」

素直にうなずいて、お春が部屋に戻る。

「……」

新一が腰高障子を開ける。

当然ながら、部屋の中は真っ暗である。

だが、人の気配がする。

その暗闇に向かって、

「勝手に入るなと言ったはずだぞ、三平」

新一が不機嫌そうに呼びかける。体臭でわかるのである。

「へへへっ、だってよ、出直すのは二度手間じゃねえか。そんな面倒なことをするより、ここで待っている方がいい」

「ふんっ」

後ろ手に腰高障子を閉めると、新一が上がり框に腰を下ろす。

「何の用だ？」

「仕事の話に決まってるじゃねえか。おれが世間話に寄ったとでも思うのかよ？」

「一昨日、ひとつやったばかりだぜ。随分と忙しいじゃないか」

「礼金が少ないなんて文句を言うから、それなら仕事を増やしてやろうっていう検校様の気遣いじゃねえのかな。あんたの言い分は、ちゃんと伝えておいたから」

「ふざけたことを言いやがって。一回あたりの礼金を上げてくれと言ったんだ。仕事を増やしてくれなんて誰が言ったよ。たった二両で、こっちは命のやりとりをするんだぜ」

「わかった。そのことも伝えておく」

「で、いつだ？」

「やるのか？」

「断ってもいいのかよ」

「それは困る」

「また金貸しを殺《や》るのか？」

「今度は違う。ちょっとばかり込み入った事情があって、相手の名前は言えないんだ」

「面倒臭そうだな。さっさと段取りを説明してくれ。これでも忙しいんだ。人を待たせている」

「へえーっ、女かい？」

「ああ」

「あんたも隅に置けねえなあ。どんな女だよ、美人なのかい？　見えないから、わからないか」

「目が見えなくてもわかるさ。気持ちの優しい、とてもいい娘なんだよ」

十二

「お、来たようだぜ」

三平が囁《ささや》く。

「何人だ？」

「三人のはずだ」

「ちぇっ、また三人か。用心棒が二人だな」

「手慣れたもんだろう。この前も三人だったから」

「気楽なことを言うな。くそっ、三人もばらして、たったの二両とは、やっぱり、割に合わねえ」

「そのことは検校様にちゃんと話しておくよ。もっとも、この仕事をきちんと片付けたらってことだけどね。余計なことを考えてると、しくじったりするもんだぜ。ほら、行ってきなって」

「ふんっ」

新一が立ち上がる。

「ん？　何か、妙な匂いがしないか」

「堀から漂ってくるどぶくさい臭いだろう」

「おまえに訊いたのが間違いだった」

物陰から新一が通りに出て行く。三平は物陰にしゃがみ込んだままだ。

（この匂い、どこかで嗅いだな。それも最近だ）

はて、どこで嗅いだのだったか、と小首を傾げながら、新一が歩いていく。人の気配や足音から、やはり、相手が三人だとわかる。

と、いきなり、

「おい、命が惜しかったら金を出せ」

という声が前方から聞こえた。

（あ。鶴吉さん）

その声を聞いて、すぐにわかった。また鶴吉だ。よりにもよって、新一が仕事をしようとするところに現れるとは何という間の悪さであろうか。これで騒ぎが起こって人が集まってくれれば、新一も仕事どころではない。

鶴吉に脅された相手は少しも怯《ひる》まない。

それどころか、

「おい、今のを聞いたか？」

「どうやら、追い剝ぎみたいですね」

「やあ、こいつは愉快だ」

げらげらと笑い出す。追い剝ぎに出会《でくわ》したのを面白がっているのである。

「何だよ、こいつ、包丁を持つ手がぶるぶると震えているじゃねえか。こんな青臭い盗人に狙われるとは、わしも嘗《な》められたもんだぜ。おい、松吉、直二。お縄にしちまえ。逆らうようなら構わねえから叩き殺せ」

「へい」

「へい」

その会話を聞いて、新一も、

（こいつら、岡っ引きの五右衛門と、その下引きじゃないか）

と気が付いた。どこかで嗅いだ匂いというのは、五右衛門の好きな焼きニンニクの匂いだったのだ。

（馬鹿め。あれほどやめろといったのに、懲《こ》りずにまた追い剝ぎなんかしやがって。しかも、こんな相手に……）

　新一が舌打ちする。鶴吉は、相手が五右衛門だと知った上で追い剝ぎを働こうとしたのであろうか。いや、そうではあるまい、と新一は思う。行き当たりばったりに獲物を狙い、その揚げ句、運悪く十手持ちに出会してしまったのであろう。

(何をもたもたしてやがる。さっさと逃げろ)

　相手は三人。しかも、十手持ちだ。捕まれば、ただでは済まない。

「あ、逃げる気だな」

「捕まえろ。逃がすんじゃねえ！」

　五右衛門が叫ぶ。

「この野郎、頰被《ほおかむ》りなんかしやがって」

「どんな面《つら》をしてやがる？」

「あれ、どこかで見たことが……。てめえ、鶴吉じゃねえか」

「鶴吉だと？　何者だ」

「棒手振ですよ。時々、賭場に顔を出す奴で、十文、二十文とけちくさく賭けるガキです。この前は、珍しく小判なんか持ってきて、最後にはオケラになって帰ったはずです」

「なるほど、そういうことか。小便博奕で負けた腹いせに、わしを襲ったということか。こいつ、ふざけやがって。番所で痛めつけてやる」

　暗がりに佇《たたず》んで、新一は、じっと耳を澄ました。

　そうすれば、何が起こっているか、おおよその見当はつく。相手が五右衛門だと知った鶴吉は、慌てて逃げようとした。だが、松吉と直二に捕えられ、頬被りを取られて正体がばれてしまった。これでは観念するしかない。この場から逃げても、いずれ捕まって牢屋《ろうや》に放り込まれることになる。

「おい、新一さん」

　背後から三平が声を潜めて呼ぶ。

「何をしてるんだ、今夜は駄目だ。諦めて戻ってきなよ」

「……」

　その通りだとわかっている。

　暗闇の中で素早く相手を倒し、誰にも姿を見られぬうちに、あたかも闇夜を羽ばたく鴉《からす》のようにさっさと漆黒《しっこく》の闇の中に溶け込んでしまう。それが新一のやり方なのだ。

が……。

　足が動かなかった。

　このまま踵《きびす》を返してしまえば、鶴吉を見捨てることになる。自業自得だと言ってしまえば、それまでである。追い剝ぎなど、うまくいくと考える方がどうかしているのだ。

　だが、新一は追い剝ぎをしなければならないほどに追い込まれた鶴吉の心情を知っている。浅はかではあるが、姉の窮状を救いたいという一心でやったことなのだ。

新一の耳にお春の泣き声が甦《よみがえ》る。酒飲みの父親に怒鳴られては泣き、姉が売られるといっては泣き、今度は、兄がお縄になったといって泣くことになる。鶴吉がいなくなってしまえば、お春は、ろくでなしの父親と二人きりになる。それを想像するだけで新一は胸が痛んだ。これから先も、お春の泣き声を新一は聞き続けることになるだろう。

「くそっ」

新一は前に踏み出した。

「おい、何をする気だ。やめておけ」

三平の声が聞こえたが、新一は立ち止まらなかった。体が勝手に動いていた。

「お、何だ、てめえは？　座頭じゃねえか。あぶねえから、さっさと、あっちに行きな」

五右衛門が言う。

「あれ？　この座頭……」

「この前の晩、賭場に来てたなあ」

松吉と直二は新一のことも覚えていたらしい。

「確か、鶴吉の知り合いだとか話していたぞ」

「何だと？　するてえと、鶴吉一人の仕業じゃなくて、この座頭も一枚嚙《か》んでるってことか。よし、この座頭も連れて行くぞ。鶴吉と一緒に番所で取り調べだ。お縄にしろ」

「へい」

「へい」

松吉と直二が新一を取り押さえようとする。

その瞬間、

びゅっ
びゅっ

新一の抜き身が一閃した。

「ぎゃっ」

「げえっ」

短い悲鳴を発して、松吉と直二が倒れる。

一瞬にして周囲に濃厚な血の匂いが漂う。

「て、てめえ、何をしやがる……」

五右衛門が上擦《うわず》った声を出しながら後退る。

「ただの座頭じゃねえな。さては、殺し屋か。誰に頼まれた。いったい、誰に頼まれて、このわしの命を……」

五右衛門の言葉が終わらないうちに、またもや抜き身が一閃した。五右衛門は、右の脇腹から首筋にかけて深く斬られた。悲鳴も上げずに、ばったりと地面に倒れた。

「おい」

新一が鶴吉に呼びかける。

「ひっ」

すっかり怯えている。

無理もない。目の前で、あっという間に三人も殺されたのだ。尻餅をつき、がたがた震えながら失禁している。

「刃物で人を脅かして金を手に入れるというのは、こういうことだぞ。自分の都合のいいように相手が言いなりになるとは限らない。相手が立ち向かってきたら、相手を殺さなければならない。そうしないと自分がやられることになる。その覚悟がないのなら追い剝ぎなんかしてはいけないいんだ」

「は、はい」

鶴吉の声が震えている。

「二度とやるなよ」

「やりません」

「ここに来い」

新一が五右衛門の死体の傍らにしゃがみ込む。

鶴吉が恐る恐る近付いてくる。

「よしよし、あったぞ」

五右衛門の懐から財布を取り出す。その中には小判が二枚、金と銀の小粒がいくつか、それに銭が何枚か入っている。切り餅もひとつあった。一分銀百枚を方形に包んで、全部で二十五両になる。

「これを持って行け」

鶴吉に切り餅を差し出す。

「え」

「お幸さんの証文を取り返して、残った金で生活を立て直すんだよ。それだけあれば何とかなるだろう。いいか。真面目に暮らすんだぞ。賭場に出入りしたり、また追い剝ぎなんかしたら許さない。いいか」

「は、はい」

「わかったら行け」

「ありがとうございます」

鶴吉が走り去る。その足音が遠ざかるのを聞いて、新一も立ち上がり、すたすたと歩き出す。その背後から三平が駆けてくる。

「おいおい、待ってくれよ」

「寄越せ」

新一が歩きながら手を出す。

「何を？」

「礼金だ。二両、寄越せ」

「ケチくせえなあ。見たぜ、あんたが財布を盗むのを」

「それとこれとは話が別だ。さっさと寄越せ」

「ほらよ」

三平が紙包みを新一に渡す。

「財布を持ち帰るように検校様に命じられてるんだ。手ぶらで帰るわけにはいかねえよ」

「これを持っていけ」

五右衛門の財布を三平に渡す。切り餅を鶴吉に渡したから二両と少々しか入っていない。

「あの小僧、何なんだい？」

「おまえの知ったことじゃない」

「見たんだぜ。あいつに切り餅を渡したはずだ」

「……」

「少しくらい分け前をくれたって罰《ばち》は当たらないんじゃないかね。おれが検校様に……」

「おい」

いきなり三平の顎を殴りつける。手加減はしていない。力一杯、殴った。

「痛っ！　何をしやがる」

顎を押さえて、三平が仰《の》け反《ぞ》る。

「相手が十手持ちだと隠してやがったな」

「仕方がねえだろう。あんたが尻込みするかもしれねえと検校様も考えたんだろうぜ。おれだって口止めされたんだ。おれに怒るのは筋違いだぜ」

「行け。好きなように報告すればいい」

「わかった、わかった。そんな怖い顔をするなって。もう行くからさ」

三平が走り去る。

十三

「ああ、飲んだ、飲んだ。いい気持ちだなあ」

堀端《ほりばた》を鉄蔵が千鳥足で歩いている。

「ご機嫌だねえ、鉄蔵さんよ」

「ん？　誰だ」

「わたしですよ」

暗がりから、ぬっと新一が現れる。

「何だよ、座頭か。こんなところで何をしてやがる」

「あんたを待ってたのさ」

「わしを？　生憎だが、おめえなんぞに用はねえ。その醜い面を見ると、せっかくの酔いが醒《さ》めちまう」

「好きでこんな面になったんじゃありません。これでも昔は色男なんて呼ばれたこともあったんですよ。ですが、火事に巻き込まれて大火傷《やけど》を負ってしまいましてねえ。幸い、命だけは取り留めましたが、こんな面になっちまいまして」

「ふんっ、てめえの昔話なんか聞く気はねえんだ。さっさと消えな」

「揉み座頭というのは、お客様に按摩をするのが仕事ですが、わたしは頼まれれば鍼《はり》も打ちます。鍼というのは、なかなか役に立つものでしてね。肩凝りや神経痛なんかに、よく効くんです。人の体にはたくさんの経穴《けいけつ》がありましてね。経穴というのは、要するにツボのことなんですが」

「おい、そこをどきな。わけのわからねえことをごちゃごちゃ言いやがって。もう眠いんだ。てめえの与太に付き合う気はねえ」

「禁経穴というのもありましてね。そこには鍼を打っちゃいけないんです。命にかかわる急所だからなんですが、この禁経穴はツボのすぐ近くにあるんで、だから、鍼を扱うには注意が必要なんです。例えば、ここ……」

新一が自分のうなじのあたりを掌《てのひら》で叩く。

「ここには天柱《てんちゅう》という経穴がありましてね。肩凝りにも効くし、頭が痛いときやめまいがするようなときにも効くんです。夜、あまり眠れないなんていう人が天柱に鍼を打つと、ぐっすりと眠ることができるようになります。役に立つツボなんですよ。この天柱のすぐ下に禁経穴があって、ここにうっかり鍼を打つと、体が痺《しび》れて身動きが取れなくなるんです。といっても、四半刻（三十分）もすれば元の通りになりますがね……」

「おい、座頭、いい加減にしねえと……」

「試してみますか？」

新一は、酔っ払って動きの鈍い鉄蔵の背後に回り込むと、三寸ほどの大鍼《おおばり》を鉄蔵のうなじに突き刺した。「うっ」という小さな呻《うめ》き声を洩らすと、鉄蔵の体から力が抜けた。それを新一が後ろから支える。

「ほらね、よく効くんですよ」

「うっ……ぐぐぐっ……」

「舌がもつれちまって声も出せなくなります。手足も動きません。でも、目は見えるし、耳も聞こえるし、頭もちゃんと働いてるんですよね」

新一が鉄蔵を堀の方に引きずっていく。

「あんたにはいい子供たちがいる。みんな、いい子だ。だけど、あんたがいると子供たちも幸せになれない。死んだ方が子供たちのためなんだよ。お幸さんも辛《つら》い思いをしたし、お春ちゃんも泣いたし、鶴吉さんも苦しんだ。あんただけが気楽に酒浸りってわけにはいかないぜ。少しは子供たちと同じように苦しい思いをしてみなよ。ほら」

「ぐぐっ……」

新一が鉄蔵を堀に突き落とす。どぼんという大きな水音を残して、鉄蔵の体は澱《よど》んだ水の中に沈んでいった。

隣の女

一

（かれこれ四つか……）

町木戸の閉められる刻限ともなれば、町から人の姿が消えるのも道理である。

夕方に裏店を出て、二刻（四時間）ほど流し歩いて、ついた客が三人。按摩だけだと百四十四文の稼ぎにしかならない。さすがに、それでは馬鹿馬鹿しくてやる気にならないので、この頃は按摩だけでなく、なるべく客に鍼灸《しんきゅう》も勧めるようにしている。それでも四十八文が九十六文になるだけのしょぼい稼ぎである。歩くたびに懐で銭がじゃらじゃらと音を立てる。その貧乏臭い音が癇《かん》に障り、物乞いにでも出会したら全部くれてやろうかとさえ思うのだが、こんなときに限って声がかからない。

物乞いもねぐらに帰っちまうような夜更けにうろうろしているのは仕事帰りの座頭と盗

人くらいのものか……そんなことを自嘲《じちょう》気味に考えながら、緑橋を渡り、堀沿いの道を伊沢町の裏店に向かって新一が歩いていく。

裏店の木戸の手前に差しかかったとき、堀端の方から男女の言い争う声が聞こえてきた。それほど大きな声ではなく、どちらも押し殺したような声だが、周囲が静まり返っている上、新一の聴覚は人並み外れて鋭いので、その気がなくても聞こえてしまうのである。

「ほら、さっさとお代を払ってよ」

「うるせえな。誰も払わないとは言ってないぜ」

「ご託はいいから、早くしてよ。事が済んだら、こっちは、さっさと帰りたいのさ」

夜鷹《よたか》が客と揉めているのだろうか、しかし、こんな人気のない、その日暮らしの貧乏人ばかりが集まっているような場所で客を取るとは、おかしな夜鷹もいるものだな、と新一が小首を傾げる。もっとも、足は止めない。余計なことに首を突っ込むつもりはない。

（こんな遅くにうろうろしてるのは、座頭に盗人だけじゃなく、夜鷹もそうだったか……）

ふむふむとうなずきながら裏店の木戸を潜る。

二

新一の部屋は裏店の一番奥、芥溜めの横である。

腰高障子を開けようとして、新一の動きがぴたりと止まる。

(誰かいるな……)

部屋の中に人の気配がするのである。

油断なく塗木玉杖を強く握る。この杖には抜き身が仕込まれている。

新一の小鼻がひくひくと動く。

やがて、新一は肩の力を抜いた。馴染みのある体臭だ。

「また、おまえか」

土間に入る。

「ご挨拶《あいさつ》だね。それとも何かい、おれの他に、ここを訪ねてくる者がいるってのかい?」

三平であった。森島検校からの連絡係だ。

木桶に水を汲んで、上がり框に腰を下ろす。三平に背を向けたまま足を洗い始める。

「何の用だ?」

「話の前に行灯に火を入れてくれよ。真っ暗な中で話すのは落ち着かないからさ」

「うるせえ奴だ。自分でやれ。そこに火打ちが置いてある」

「そうするよ」

かちっ、かちっ、という音がして、行灯に火が入る。部屋の中が、ぽーっと明るくなる。

「話せ」

「まず、これだ」

三平が新一に小判を一枚渡す。

「今月の分だぜ。嬉《うれ》しくないのか？　何もしなくても月々一両の手当をもらえるなんて結構な話じゃないか」

「ふんっ」

新一が顔を顰める。

かつて大坂で山村検校の配下にいた頃には、月々の手当は十両と決まっていた。何もしなくても十両である。命じられた仕事を無難にやり遂げれば、その都度、五十両の報酬も受け取っていた。

ところが、森島検校からの手当は月に一両、成功報酬が二両である。喜べるはずがない。

「仕事は？」

「ないね。このところ暇だよ」

三平が首を振る。

「そうだ。忘れないうちに伝えておくけど、あんたがドスを使いすぎるって検校様が不満のようだぜ」

「何だと？」

「ほら、この前、往来で三人ぶった斬っただろう。その前も、やっぱり、往来で三人殺ってる。ちょっと派手すぎるっていうか、ああいうのは素人にはわからなくても、裏世界の者には、すぐピンとくるじゃないか。新一さん、江戸で仕事をするようになって、まだ二年だろう。あまり派手にやると、古くから江戸で仕事をしている者の中には、新参者が生意気だなんて目くじらを立てるような料簡《りょうけん》の狭いような奴もいるってことさ」

「ドスを使わないで、相手を絞め殺せとでも言うのかね」

「ふふふっ、抜かりはないぜ。検校様は、大坂での新一さんの仕事振りを調べたらしい。いろいろな特技があるそうじゃないか」

「道具も揃ってたからな」

「それだよ、それ。その道具」

三平が懐から油紙の包みを取り出して新一の前に置く。

「これは？」

「見てくれ……。いや、触ってくれ」

「……」

新一が包みを開き、中にある物を手に取る。その途端、新一が驚きの表情を浮かべる。中には大鍼と義甲《ぎこう》が入っていた。

大坂にいた頃、新一はドスを使って殺しをすることは、ほとんどなかった。もっぱら、四つの道具を使っていた。

ひとつが大鍼である。

大鍼といっても、一寸半ほどの長さに過ぎないが、その仕掛け鍼は鍼柄を捻《ひね》ると倍の長さに伸びた。長く伸ばした鍼を急所に打てば、相手を即死させることができる。

ふたつ目が義甲である。

義甲というのは、箏《そう》を弾くときに人差し指と中指に嵌《は》める「爪」のことである。普通は象牙《ぞうげ》で作られるが、新一の義甲は鉄でできており、人の頸骨《けいこつ》くらいなら簡単に叩き潰すことができるほどの破壊力がある。

三つ目が、もぐさ袋である。

二種類の特殊なもぐさを混ぜ合わせると即効性の毒になるし、その毒を鍼先に塗っておけば、小さな鍼が恐ろしい武器に早変わりする。

四つ目が三味線と撥《ばち》である。

三味線の糸は絹糸と決まっているが、新一の三味線の糸は細い鉄と麻を縒《よ》ったもので、相手を絞め殺すときに使う。しかも、海老尾《えびお》を捻ると棹《さお》と胴が離れ、仕込んであるドスを取り外すこともできる。撥の才尻《さいじり》にも長さ三寸の小刀を隠してあるのだ。

それらが新一の手に馴染んだ仕事道具だったが、十年前、大坂を捨てるときに捨てた。

「とりあえず、それだけ預かってきた。他の道具も、遠からず揃えられると思う。あれ、あまり嬉しそうな顔じゃないね。嬉しくないのかい？」

「嬉しい嬉しくないというより、驚いている」

新一が義甲を指に嵌めて、その感触を確かめる。

「ほらよ」

いきなり三平が新一に胡桃《くるみ》を放り投げる。

素早く胡桃をつかむと、新一が指先に力を入れる。

ごりっという鈍い音がして胡桃が砕ける。

まだ道具の使い方を忘れてはいなかったらしい。

「ふうん、なかなか役に立ちそうじゃないか」

三平が笑う。

三

物売りとか職人とか真っ当な職に就いている者たちは、まだ夜が明けていない頃から起き出し、夜明けと共に裏店を後にする。一方、博奕打ちだとか盗人だとか、人に言えない裏稼業を生業《なりわい》としている者たちは概して朝が遅い。新一も朝が遅く、普段、起きるのが朝五つ過ぎ（午前八時頃）というから、かなりの朝寝坊といっていい。

　顔を洗うつもりで土間に降り、水甕の蓋《ふた》を開ける。

（だいぶ減っちまったな）

　それに、ちょっと臭う。いつも裏店の子供たちに手間賃を払って水汲みをしてもらうのだが、ここ数日、頼んだ覚えがない。外で誰か遊んでないかな……などと考えながら、新一は部屋を出て、井戸に向かう。耳を澄ますが、生憎と子供の声は聞こえない。

　井戸端にしゃがみ込んで顔をじゃぶじゃぶ洗い、指先に塩をつけて歯を磨いていると、ぷーんと妙な匂いがしてきた。

「ちょいと失礼しますよ」

　聞き慣れない女の声がしたかと思うと、釣瓶《つるべ》を操って水を汲み始めた。

「あの、すいませんが……」

「え？」

「これ、何の匂いですかね？　何かを焼いてたんでしょう」

「いやだ、わかりますか？」

「ええ、目が見えないもんで、鼻が利くんです」

「あ、お隣の座頭さんね。ご挨拶が遅れましたけど、三日ほど前に越してきたんです。絹《きぬ》と申します」

「そう言えば、差配《さはい》さんがそんな話をしていたような……」

「二度ほどご挨拶に訪ねたんですけど、生憎と二度ともお留守で」

「座頭は、ぶらぶらと出歩くのが仕事ですから」

「そうですね」

女が小さく笑う。

（これは……）

新一は気が付いた。その女の声である。昨夜、裏店に帰ってくるとき、葦の茂みの中で男と言い争っていた女に違いない。

（この女、夜鷹なのか。それにしても、あんなところで客を取るとはなあ……）

夜鷹を蔑《さげす》むのではないが、客を取るにしても、何も自分が住んでいる裏店の目と鼻の先で商売をすることもあるまいという気がして、新一は、ちょっと呆れた。

「あれなんですけどね。イモリなんですよ」

「え、イモリ？」

「匂いましたか」

「鳥や猪《いのしし》とは匂いが違うだろうと思ったんで、いったい、何だろうと気になったんですけどね。まさか、イモリだったとは……」

イモリの黒焼きというのは、古来、「惚《ほ》れ薬」として珍重されている。話には聞いているが、そんな物を本当に焼いている者に会うのは初めてだった。

「本当に効くかどうかわからないんですけどね。うちの旦那が食べてみたいと言うもんですから。何なら、少しお裾《すそ》分《わ》けしましょうか」

うふふふっ、とお絹が笑う。

そこに、

「新一さん」

三平の声がした。

「それじゃ、わたしはこれで」

木桶を手にしてお絹が部屋に戻る。

その後ろ姿を眺めながら、

「いい女だなあ、誰だい？」

「鼻の下を伸ばしやがって。涎《よだれ》でも垂らしてるんじゃねえのか？」

「何だよ、見えないくせに」

「見えなくてもわかる。急に鼻息が荒くなったからな。あれは隣の女だ。二、三日前に引っ越してきたらしい」

「こんな掃き溜めに、あんないい女がなあ……」

「おい、朝っぱらから何の用だ？　ゆうべ、会ったばかりだぞ」

「仕事だよ、仕事」

三平が新一の傍らにしゃがみ込み、声を潜める。

「急だな。ゆうべは何もないと言ってたのに」

「仕事をしくじった奴がいる。依頼人が腹を立てちまって、金を返せ、他の者に頼むと騒いだらしくてさ。依頼人に金は返したが、検校様にも面子《メンツ》があるから、このまま黙って引き下がるわけにはいかないだろう」

「その尻拭いかよ」

「五両出すそうだ」

「ようやく賃上げしてくれるのか？」

「今度だけだよ」

「ケチくせえなあ」

「検校様の面子もかかってるし、それに、ちょっと厄介な相手らしい。だから、奮発したんだろうよ」

「どんな相手だい？」

「慌てるなよ。今夜、迎えに来るからさ」

四

いつものように日暮れどきに裏店を出た。

緑橋を渡って加賀町に入る。そのまま油堀に沿って、佐賀町まで進み、下ノ橋で油堀を渡った。そこで、

「おう、座頭さん、ちょいと頼むぜ」

客を装って三平が近付いてきた。周囲に人気がなくなると、三平が仕事の話を始める。

「場所は？」

「本所・相生町《あいおいちょう》」

「両国か」

「金治郎《きんじろう》という隠居だ。家賃が五十軒、裏でこっそりと金貸しもやっているという分限者《ぶげんしゃ》だよ」

「腐るほど金があるわけか。その金で腕の立つ用心棒を雇ってるんだな」

「用心棒は二人いる。当然、腕も立つだろうね。だけど、厄介なのは用心棒じゃない」

「それじゃ、何だよ？」

「犬だ」

「犬？」

「用心棒の他に、いつも白と黒のでかい犬を二匹連れ歩いてるらしい。外歩きするときだけじゃなく、家の中でも犬と一緒だっていうんだ」

「その犬が何で厄介なんだ？」

「犬といっても、そのあたりで残飯漁《あさ》りをする野良犬とはわけが違う。狼《おおかみ》の血が入ってるんだってさ。しかも、子犬のときから犬師に鍛えられていて、本当は熊を狩るときに使う犬なんだそうだ」

「……」

「金治郎を襲った奴らも、この世界ではかなりの古株で腕の立つ男たちだったけど、ドスを取り出す前に犬たちにずたずたに咬《か》み裂かれた揚げ句、最後はズドンとやられちまったらしい」

「ズドン？」

「短筒《たんづつ》だよ。金治郎は、国友鍛冶《くにともかじ》の拵《こしら》えた連発銃がお気に入りで、犬たちが刺客を食い止める間に悠々と火縄に火をつけて、しっかりと狙いを付けて三匁玉《さんもんめだま》をどてっ腹にぶち込んだってわけさ。ひどい死に方だったらしいぜ」

「男たちと言ったな？　一人じゃなかったのか」

「あ、うっかり口を滑らせちまった」

「また隠し事か」

「最初は、座頭だ。次は、浪人者を使ったらしい」

「二人とも返り討ちか？」

「そういうことだ。どうだい、少しは怖《お》じ気《け》づいたかね？」

「吝《しわ》い検校様が五両も奮発するっていうから、何かおかしいとは思ったよ。やっぱりな。

「その話を聞いたら、五両でも安すぎるってことがよくわかった」

五

夜五つ過ぎ（午後八時頃）には、新一は一人で家路を辿っていた。この日は、まともな仕事はせず、三平と二人で相生町の金治郎の屋敷の周辺を歩き回り、金治郎の日常の行動について説明を聞かされただけで終わった。

三平が言うには、二度も続けて刺客に襲われたせいか、この頃の金治郎は、

「すっかり用心深くなっちまって、滅多に家から出なくなった。家賃の取り立てには出向くが、それも昼間だけだし、いつも用心棒と犬たちを引き連れているらしいよ」

というのであった。

それでは、とても往来で襲うことはできない。

とすれば、金治郎の家に忍び込むしかないが、

「あの家の間取りなんかわからないぜ。調べるといっても難しいんじゃないかな」

「間取りもわからなくて忍び込めるかよ」

「それを何とかするのが新一さんの腕だろう。昔の道具も揃えたんだし、何とかしてくれよ。他の殺し屋が金治郎を消したら、検校様の面子は丸潰れなんだから、それだけは忘れないでくれよ」

「……」

新一とすれば、

(ふざけるな)

と怒鳴りたいところだった。

が……。

いろいろ不満はあるものの、新一が江戸で暮らすことができるのは森島検校の庇護があるからであった。森島検校と袂を分かてば、すぐに大坂から山村検校の追っ手が差し向けられるであろう。追っ手の影に怯えながら逃げ回るのは、この十年で懲りた。そんな暮らしに戻るのは真っ平だ。

「あら、座頭さん」

背後から声をかけられた。

物思いに耽《ふけ》っていた新一はびくっと体を震わせ、咄嗟《とっさ》に塗木玉杖を強く握った。

「お絹ですよ、ほら、隣に越してきた」

「ああ、お絹さんか」

「どうしたんですか、何だか冴《さ》えない顔ですよ」

「座頭ってのは、歩き回るばかりで、ろくな稼ぎにもなりませんから。何だか疲れちまってね」

「わかりますよ、その気持ち。こっちがその気でも、さっぱり稼ぎにならない日もありますからね」

「あんたもですか？」

「ええ、さっぱり」

うふふふっ、とお絹が笑う。

「ねえ、座頭さん、まだ木戸も閉まらない刻限ですし、どこかで一杯やりませんか。こんな夜に一人淋しく寝酒を飲むのも気が滅入るし、近くにいい店があったら教えてくれませんか。奢《おご》りますよ」

「そうだね。付き合おうか。但《ただ》し、今夜はわたしに奢らせて下さい」

「あら、いいんですよ。遠慮しないで下さいな」

「いやいや、最初は男の方が奢るもんだ」

「まあ、粋《いき》なのねえ、座頭さん。それじゃ、ごちそうになりますよ」

六

新一は、お絹を「きよ川」に案内した。空いていたので、上がり座敷で向かい合った。

「さあ、おひとつ」

「ああ、すいません。それじゃ、お絹さんも」

互いに酒を勧め合って、たちまち大徳利が二本空になる。追加の徳利を運んできたお陸が、

「座頭さんがこんなに飲むのは珍しいわね」

と驚いたほどだ。

「わたしじゃない。お絹さんが強いんですよ」

「あら、いやだ。人をウワバミみたいに言わないで下さいよ」

うふふふっ、とお絹が笑う。

「あんたも変わった人だね」

「わたしがですか？　なぜです」

「だってさ、いくら飲み相手が欲しいといっても、こんな醜男《ぶおとこ》と差し向かいで飲んでも

うまくはないでしょうに」

「それ、火傷ですか？」

「ええ。物凄い火事に遭いましてね。命だけは助かったものの、顔はご覧の通りです」

「何だか、刀傷みたいなのもあるようですけど」

「よく見てますねえ」

　思い出したくもないことだが、今でも時々、新一は夢で魘《うな》されることがある。押し込み先で仲間に裏切られ、額から鼻筋まで真一文字に斬り下げられたのである。そのときの傷なのだ。瀕死《ひんし》の重傷を負って動けないでいるところに仲間が放火し、新一は危うく焼け死ぬところだった。全身に火傷が残っているが、特にひどかったのが顔で、まるで蠟《ろう》細工を炙《あぶ》ったような具合に顔がどろどろに溶けた。

　まだ大坂にいる頃、山村検校に拾われる前の話である。

「誰だって、口にしたくないような重い過去を背負ってるもんですよね」

「お絹さんもですか？」

「ええ。元々の生まれは下総《しもうさ》の港町なんですけどね。そこで食えなくなって一家で江戸に出て……。ま、正直に言いますけど、出稼ぎ人の娘です」

　地方で食い詰めて江戸にやってくる出稼ぎ人は、江戸の最下層に属する者として蔑まれている。

「ろくに飯も食えず、病気になっても薬も飲めないような暮らしでした。十五になる前には、この世の嫌なことを全部知ったような気持ちでしたね」

「そうでしたか」

「今が二十五ですけど、人様の外見でああだこうだと騒ぐほど初心《うぶ》じゃないんですよ。世の中には腹の中の汚い人間がたくさんいますから。外面なんか、どうでもいいんですよ」

「そう言ってもらえると、こっちも気が楽ですが」

「ごめんなさいね。辛気《しんき》くさい話をしちまって」

「いいんです、いいんです」

「ここに越してくる前は、毎晩、茣蓙《ござ》を抱えて客を取るような暮らしで、それだと体がもたないもんですから、知り合いの世話で通いの妾《めかけ》もするようになりましてね。おかげで少しは楽になりました」

「苦労なさってますすねえ」

「そんな汚い商売で世過ぎをしている女ですから、こうして普通に酒の相手をしてもらえることが嬉しいんです。お礼を言いますよ、座頭さん」

「それは、わたしの台詞《せりふ》です、お絹さん」

「もう少し付き合ってもらえますか？」

「よく飲むなあ。やっぱり、ウワバミだ」

「まあ、いやだ」

あははは、うふふふっ、と二人で声を合わせて笑った。

「そうだ、明日か明後日、お暇ですか？」

「ええ、まあ」

「それなら、うちの旦那さんに按摩をしてあげてくれませんか。年寄りなんで、あちこち痛むらしいんです。按摩や鍼を勧めても、見ず知らずの流しの座頭には頼みたくないなんてわがままを言うんですよ」

「ありがとうございます。明後日でいいですか？　明日は野暮用がありまして」

「結構ですよ。お願いします」

七

翌日、新一は相生町界隈《かいわい》を歩き回った。

だが、いい知恵は浮かばない。

真っ昼間、往来で金治郎を襲うのは危険が大きすぎるし、かといって、何の情報もなく家に忍び込むこともできない。

（こりゃあ、無理だ）

匙《さじ》を投げて、裏店に帰ることにした。

「おう、座頭さん」

また三平だ。背後から近付いてくる。

「へいへい」

「ちょいと頼むぜ」

三平が人気のないところに新一を案内する。

「新一さん、いつやるつもりだ？」

「何だよ、昨日の今日じゃないか」

「依頼人が他の殺し屋を雇ったらしいんだ。検校様が新一さんに催促してこいって言うもんだからさ。先を越されちまうと、まずいだろう」

「検校様の面子が潰れるってわけか」

「そういうことだ」

「無理だ。どうにもならねえ」

「おいおい、そんな情けない台詞を検校様に伝えろっていうのかい。きっと、がっかりするぜ」

「それなら家の間取りを調べろ」

「おれに言われてもなあ……」

「どうしてもって言うのなら、往来でやるぜ」

「それじゃ、新一さんもやられちまうよ。とにかく、こっちも何とか調べてみるから、新一さんも考えてみてくれ」

三平が新一のそばから離れていく。

（馬鹿め。世の中には、できることとできないことがあるんだ）

ひどく不愉快だった。裏店に戻ると寝酒を飲んで、さっさと寝た。

八

次の朝、新一が二日酔いで寝ていると、

「座頭さん。いますか？」

腰高障子の向こうから声をかけられた。お絹だ。

「どうぞ」

障子を開けて、お絹が土間に入ってくる。

「あら、まだ寝てたんですね。ごめんなさい」

「もう起きるところですから」

「この前、お願いした話ですけど……」

「ああ、按摩と鍼灸のことですね」

「朝っぱらから何ですけど、わたしは昼までに向こうに行って掃除と飯の支度をしなくちゃいけないんです。通い妾といっても、扱いは下女みたいなもんですから。申し訳ないですけど、一緒に来てもらえますか？」

「いいですとも。すぐに出ますか？」

「あと四半刻（三十分）ほどで、どうですか」

「わかりました。支度します」


よかったら手を引きましょうか、というお絹の申し出を新一は丁寧に断った。一人歩きには慣れているのだ。

「気を遣わなくて結構ですよ」

「そうか。いつも一人で流してるんですものね」

「両国の方ですか？」

「ええ。それが何か？」

「つい最近も足を向けたばかりなもんですから」

「そうだったんですか。うちの旦那さんの家は相生町なんですよ」

「え。相生町？」

「たくさんの家屋敷を人に貸している金治郎という人なんです」

「……」

思わず新一は息を飲んだ。

九

「裏木戸はこっちですから。あ、そこに天水桶がありますから気をつけて下さいね」

お絹の声を頼りに新一は狭い小路《こみち》に入っていく。

「こんにちは」

お絹が木戸を叩く。木戸の向こう側で何かが動き回る物音と獣の唸《うな》り声が聞こえる。

「閂《かんぬき》が下ろされてるんですよ。うっかり近所の子供が木戸を開けたりしたら犬に食い殺されちまいますからね。物凄い大きな犬がいるんです」

「放し飼いにされてるんですか?」

「一匹は庭で放し飼い、もう一匹は家の中で旦那さんのそばにいます。とっても用心深い人なんです」

やがて、木戸の向こうから、

「誰だ?」

という野太い声がした。用心棒であろう。

「お絹です。按摩さんも一緒です」

「ちょっと待て」

閂を外す音がして、木戸が開けられた。

「その座頭か？」

「はい。同じ裏店の座頭さんです」

「おい、座頭。こっちに来い。一応、体を改める」

「へいへい」

新一が近付くと、用心棒は慣れた手つきで新一が武器を持っていないか調べた。

「よかろう。入れ。奥でお待ちだ」

「ねえ、吉岡《よしおか》さん。その犬、しっかり押さえていて下さいよ。噛みつかれちゃ困るから」

「心配ない」

「だって、座頭さんのことを睨《にら》んでますよ」

「さっき飯を食わせたばかりだ。座頭を食うほど腹は減っておるまいよ」

気の利いた冗談でも口にしたつもりなのか、ふふふっ、と吉岡が鼻で笑う。

「山崎《やまざき》さんも奥ですか？」

「ああ、旦那のそばにいる。ほら、早く行け」

「座頭さん、こっちですよ」

お絹が新一を促す。

勝手口から土間に入ると、お絹は、

「そこに水甕がありますから気をつけて」

などと言いながら、新一を框に腰掛けさせて足を洗ってくれた。その間にも、廊下を右に行くと何があり、左に行くとどうなっている、通いの小女《こおんな》と下働きのばあさんがいて、用心棒は二人……というように、新一が頼んだわけでもないのに家の中の様子を事細かに教えてくれるのである。

（これは、いったい、どうなってるんだ？）

新一が不思議に思うのも当然であろう。

どうやって金治郎を暗殺しようかと新一が苦慮しているところに、金治郎の通い妾だというお絹という女が現れ、新一を金治郎のところに案内してくれた。僥倖《ぎょうこう》に恵まれたと言ってしまえばそれまでだが、偶然にしては、あまりにもできすぎているような気がして、新一は、ちょっと気持ちが悪かった。

「違う、そこじゃない。もうちょっと右だ」

「へいへい」

「力の足りない奴だ。もっと力を入れろ」

「こうですか」

「痛っ！　馬鹿め。力の入れすぎだ。加減というものを考えろ」

「すいません」

金治郎は、口うるさくてわがままな老人だった。

さっきから、ずっと文句の言い通しである。

襖《ふすま》を開け放った隣の部屋には山崎という用心棒と犬がいて、新一に目を光らせている。

お絹は、すぐ傍らに坐り、団扇《うちわ》で金治郎を扇《あお》いでいる。

「首やら腰に悪い血が集まってるようですね。鍼で散らすと楽になりますよ」

「鍼は好きじゃない。痛いからな」

「そんなことはありません。何もしないで放っておく方が肩凝りや頭痛で苦しいと思いますよ」

「それならやってくれ。痛まないようにな」

「へいへい」

首や肩、腰など筋肉が固く張っているところに新一が器用に鍼を打っていく。細い鍼をほんの少し刺すだけだし、きちんと経穴に打っているから痛みなどほとんど感じないはずなのだが、金治郎は見苦しいほどに騒ぎ立てた。

「うーん、くそっ、もっと優しくやれ」

「痛みますか」

「ちくちくするわい」

「しばらくすると楽になりますから」

「それまで我慢するのが大変だ」

金治郎が腕を振り回した拍子に枕元に置いてある小道具箱が倒れた。

「あら、大変。旦那さん、短筒が」

お絹が驚いたように言う。

「しまっておけ」

「いやだ、こんな怖い物」

「臆病な女だ。火縄もついてないのに玉が出るか。ううむ、ちくちくする」

「もう少しの辛抱ですよ」

「座頭め、いっそ、おまえに短筒をお見舞いしたいくらいだぞ」

「ひぇっ」

新一が大袈裟《おおげさ》に仰け反る。

腹の中では、

（なるほど、すぐ手の届くところに短筒を置いてあるわけか。隣の部屋には用心棒と犬がいるし、これは容易なことじゃない……）

そんなことを考えている。

新一の頭の中では、どうやってこの家に忍び込み、どうやって金治郎の命を奪うかという段取りが組み立てられつつあったのである。

十

金治郎の家から、新一は一人で帰ってきた。

お絹は後に残った。新一の仕事が終わった後には、次は通い妾としてのお絹の仕事が待っているというわけであった。

その日、新一は稼ぎに出なかった。

相生町から戻ったのは昼過ぎだったから、その気になれば、いつものように夕方から出かけてもよかったのだが、部屋に籠もって、道具の手入れをしながら、金治郎を襲う計画を練ったのである。

どれくらいの時間が経ったものか……。

「座頭さん、お留守ですか？」

腰高障子の向こうから声をかけられて、新一は、ハッと我に返った。

「あ。います。お絹さんですか」

「失礼しますよ」

「もう夜か……」

目が見えないとはいえ、新一は生まれつきの盲人というわけではないから、目蓋《まぶた》の裏に感じる明るさや暗さから昼と夜の区別くらいはつくのである。

「ちょっと待って下さい。行灯に火を入れます」

すぐに部屋の中が明るくなる。

「仕事に出なかったんですか?」

「何だか疲れちまってね」

「わかりますよ。すいませんでしたね。あんなに口うるさくてわがままな年寄りの相手をして、さぞ、腹が立ったでしょう」

「とんでもない。こっちは商売なんですから」

「あれだけ好き勝手なことを言いながら、最後になってお代までケチるんだから申し訳なくて……」

按摩だけだと四十八文。鍼を打てば、料金は倍になる勘定だ。だが、金治郎は何だかんだと難癖をつけて、結局、四十八文しか払わなかった。さすがに新一も呆れたが、別に腹も立たなかった。喉《のど》から手が出るほど欲しかった、金治郎の家の間取りがわかったのだから文句はないのだ。

「わたしのやり方が気に入らなかったんでしょう」

「とんでもない。それどころか、座頭さんが帰った後、あの男はなかなか素直で見所がある。これからも時々呼ぶことにしよう、なんて言うんですよ」

「そいつは奇妙だなあ」

「臍曲《へそま》がりなんですよ。それに、ケチ」

「お絹さんも大変だ」

「通い妾の金だけ払って、下女の働きまでさせようっていうんですから阿漕ですよ」

「まあ、お呼びがあれば伺いましょう」

「すいません。それから、これ……」

お絹が新一の前に竹の葉の包みを置く。

「何ですか？」

「一夜鮨《ずし》なんですけどね。帰り道に広小路に回って買ってきたんです。小鯛《こだい》と締《し》め鯖《さば》なんですけど、わたしは大好きで、よく食べるんですよ。座頭さんのお口に合うといいんですけど」

「好物ですよ」

「よかった。それじゃ」

お絹が腰を上げる。

「あ、お絹さん」

「はい？」

「ありがとう。お礼を言いますよ」

「いいんですよ、鮨くらい」

「……」

鮨だけではない。相生町に連れて行ってくれたことに対しても感謝したのである。

十一

「で、いつやるんだい？」

「今夜だ」

「間違いないね、今夜だね？　検校様に、そう伝えるぜ」

三平が念を押す。

「ああ、結構だ。犬をどう始末するか、それが厄介だったが、何とか思案した」

「さぞ、お喜びになるだろうよ」

「依頼主が雇ったという殺し屋の様子はどうだ？」

「新一さんでさえ、こんなに苦労してるんだ。そう簡単にはいかないんじゃないかな。現に金治郎はピンピンしてるわけだし」

「それならいいが、せっかく思案したんだから、この期《ご》に及んで先を越されるのはつまらないからな」

「なあに、もう大丈夫だろう。ところで、おれに頼みたいことってのは何だね？」

「うむ。ちょいと古道具屋で買ってきてほしい物がある」

「古道具屋だって？　何だい」

「まあ、慌てるな。これから説明する……」

十二

すでに町木戸が閉まってから一刻（二時間）くらいは経っている。相生町はひっそり静まりかえっており、通りを歩く者の姿もまったく見えない。

天水桶の陰に身を潜めていた新一は、

「そろそろいいだろう」

素早く支度を整えて立ち上がる。

「どれくらいかかるかな？」

「うまくいけば四半刻（三十分）ってところだ。それ以上かかるようだと見込みはない」

「わかった」

「うむ」

新一が小路を奥に進み、裏木戸を叩く。

それほど強く叩いているわけではないが、周囲が静かなので意外と大きく響く。

やがて、木戸の向こう側から、

「誰だ？」

という声がした。用心棒の吉岡だ。

「昨日、こちらにお邪魔した座頭でございます」

「ああ、座頭か。何の用だ？」

「お絹さんから今夜も寄ってくれないかと頼まれまして……。仕事が立て込んで、すっかり遅くなってしまいましたが」

「聞いてないぞ」

「わたしの勘違いだったかもしれません。それならいいんです、また日を改めますから」

「待て。奥で確かめてくる」

「お願いします。ところで、その間に水を一杯飲ませて頂けませんか。何だか、喉が渇いてしまって」

「いいだろう。中で待っていろ」

閂を外す音がして、木戸が開けられた。

「入れ……。ん？　何だ、座頭、その格好は？」

「……」

新一が無言で吉岡に接近する。

ただならぬ気配を察したのであろう、吉岡が咄嗟に刀に手をかける。

が……。

刀を抜くことはできなかった。

新一の右手には、親指、中指、人差し指に義甲が嵌められている。中指と人差し指を揃えて真っ直ぐに伸ばし、それに親指を添えるという形だ。

ずっ
ずっ
ずっ

三段突きだ。

第一撃で喉仏を潰し、声を出せないようにする。

第二撃でふたつの眼球を抉《えぐ》り、視界を失わせる。

第三撃で「人中《じんちゅう》」を砕く。これは鼻と上唇の間の窪《くぼ》みにある急所である。

吉岡が仰向けにばったりと倒れる。背中が地面に着く前に絶命している。

（む？）

新一は凄《すさ》まじい殺気が押し寄せてくるのを感じた。

左手を喉の前に構える。四つ足の獣というのは、まず柔らかい喉笛を狙うものだ。

強い衝撃を感じる。

猛犬の牙《きば》が左腕に食い込んだのだ。

その瞬間、新一の右手が犬の腹部を突く。

柔らかい腹の肉を裂き、内臓を突き破り、背骨を粉砕して、新一の拳は背中にまで達する。新一の左腕に食いついたまま、犬が体を痙攣《けいれん》させる。

やがて動かなくなった。

それでも犬の牙は左腕に食い込んだままだ。

仕方がないので、新一は籠手《こて》の紐《ひも》を解いた。

犬がどさりと地面に横倒しになった。

新一が左腕をさする。少し血が出ているようだ。

三平に頼んで古道具屋で買ってきてもらったのは当世具足に用いる籠手と脛《すね》当てである。

戦場で使用される道具だから薄い鉄の板を縛り合わせて作られており、かなり頑丈だ。にもかかわらず、犬の牙は鉄の板を突き破って新一に傷を負わせた。籠手をしていなかったら腕を食いちぎられていたであろう。

呼吸を整えると、新一は勝手口から家の中に入る。

昨日、お絹が事細かに説明してくれたおかげで迷うことなく金治郎の部屋に進むことができる。足音も立てずに廊下を進む。

「ううーっ！」

突然、人の唸り声が正面から聞こえた。

新一は身を屈《かが》め、跳《は》ね上がるようにして相手の腹を突く。臍のすぐ下で、ここには「開《かい》元《げん》」という急所がある。相手がばったりと倒れる。

（山崎か……）

もう一人の用心棒に違いない。

すぐに新一は、何かおかしいと感じた。

倒れている山崎に近寄り、山崎の体を手で探る。

（こいつ、もうやられていたな）

山崎は鼻や口から血を流している。新一の前に現れたときには、すでに意識が朦朧《もうろう》としていて死にかけていたのであろう。

小走りに金治郎の部屋に向かう。

部屋の前で何かに躓きそうになった。しゃがんで、それを触ってみる。犬だ。もう一匹の猛犬も死んでいる。

（どういうことだ？）

用心しながら部屋に入る。

金治郎は布団の上に横たわっていた。刀傷などはなく、それほど出血もしていない。

しかし、新一はさすがに玄人《くろうと》である。金治郎の首の後ろに小さな穴が開いていることに気が付いた。「天柱」という急所のすぐ近くだ。

「座頭の仕業か……」

新一がつぶやく。

同業者に先を越されたのであろうか、しかし、犬と吉岡の目をかすめて、どうやってここに忍び込むことができたのか、新一にはわからなかった。吉岡に気付かれることなく、山崎と犬を始末し、金治郎の命を奪った腕は並大抵ではない。

そのとき、血の匂いに混じって微かな異臭を嗅ぎ取った。何かが燃える匂いである。

（火縄か）

咄嗟に床を転がった。短筒で狙われていることを察し、本能的に体が動いたのだ。

ふふふっ、という笑い声が聞こえた。

（え？）

新一が愕然《がくぜん》とする。

「お絹さんか」

「座頭さん、いい腕をしてるのねえ」

「あ、あんた……」

「どうやって、あの犬と用心棒を始末するのか楽しみにしていたけど、さすがだわねえ。何の騒ぎも起こさないで、さっさと片付けちまうんだもの。だけど、わたしは、そんな物々しい格好なんかしなくても犬と用心棒を始末しましたよ」

「あんたが殺し屋だったのか、お絹さん」

「もう、その名前はいいでしょう。お竜《りゅう》と呼んで下さいな」

「お竜さんか」

「簪のお竜と呼ぶ人もいますよ。すぐに渾名《あだな》をつけたがる人がいますからねえ」

「なるほど、金治郎の傷は簪のものか」

「生憎と座頭さんのように鍼を使うなんてことはできないもんですから。慣れると使い勝手がいいんですよ。もっとも、ただの簪じゃありませんけどね。座頭さんの道具もそうでしょう？」

「殺すのか？」

「わたしが座頭さんを？　何で」

「短筒で狙っているじゃないか」

「こうしておかないと、こっちが座頭さんに襲われるかもしれないじゃありませんか。身を守るためですよ」

「しおらしいことを言うなよ。何もかもでたらめだったんだな」

「そうでもありませんよ。出稼ぎ人の娘だっていうのは本当だし、夜鷹や通い妾だったのも本当ですから。ただ、手先が器用だし、割と度胸もある方なんで、いつの頃からか裏稼業にも手を染めるようになりましてね。一人前になるには、これでも苦労したんですよ」

「なぜ、こんな手の込んだ芝居をした？　あんたがその気なら、いつだって金治郎を殺れたはずだ」

「江戸の裏の世界にもいろいろありましてね。森島検校を快く思っていない者も多いし、江戸にやって来たばかりなのに派手な仕事をする座頭さんを苦々しく思う者もいるってことですよ。わたしには関わりのないことだし、そんなことに興味もないんですが、金治郎を殺すだけでなく、座頭さんや森島検校の面子を潰せば、礼金を上積みすると言われれば、こっちも仕事ですから断る理由もないでしょう。おかげでいい稼ぎになりましたよ」

「すっかり遊ばれたわけか」

　新一が苦笑いをする。

「お絹になりきって楽しい思いをさせてもらいました。また酒を飲みませんか」

「それは無理だろうな」

「そうね。残念だわ」

「……」

ふっとお竜の気配が消えた。火縄の匂いはそのままだから、短筒を置いていったのであろう。やがて、溜息をつきながら新一が立ち上がる。


「うまくいったかい」

天水桶の陰から三平が現れた。

「金治郎は死んだ」

「さすがだぜ、新一さん」

「殺ったのは、おれじゃない。もう死んでた」

「え、それって……」

「簪のお竜って女が殺した」

「簪のお竜だって？」

「知ってるのか？」

「知らないはずがないだろう。柏戸《かしわど》の勘三郎《かんざぶろう》の四天王の一人だ。腕も立つが、むしゃぶりつきたくなるようないい女だって話だぜ」

「会ったことはないのか？」

「噂を聞くだけだ」

「おまえも裏店で会っただろう、うちの隣の女」

「げ。まさか、あれが……」

「ああ」

新一がすたすたと歩き始める。

「おい、ちょっと待ってくれ。どういうことだ？」

「……」

新一は不機嫌そうに口をつぐんだまま黙りこくっている。

十三

次の日、新一は夕方から仕事に出た。

裏の仕事を片付けた後には、数日、のんびりと過ごし、時には温泉などにも足を向けて血の匂いを流しながら、ゆっくりと体を休めたい。

だが、今回は、そうはいかなかった。

一文にもならなかったのだ。

金治郎殺しで先を越されただけでなく、よりにもよって殺ったのが柏戸の勘三郎の手下だということが森島検校を激怒させた。この二人は、江戸の暗黒社会では有名な犬猿の仲なのだ。

「それはもう大変な剣幕でね。礼金どころの騒ぎじゃないんだ。どいつもこいつも役に立たないろくでなしばかりだって……。こっちまで、とんだとばっちりを食っちまった。まあ、そんなわけだからさ、今回は我慢して下さい。検校様の機嫌のよさそうなときに口添えしてやるから」

「まるっきり、おれが悪者かよ」

そんな事情で礼金をもらうことができなかった。

仕方がないから稼ぎに出ている。

だが、そんなときにはツキもないのか、いつになく熱心に小笛を吹いて歩き回ったというのに、まったく声がかからない。とっぷり日が暮れて、そろそろ歩き疲れを感じ始めた頃になって、ようやく、

「座頭さんよ、頼めるかね」

と声がかかった。

「へえ、ありがとうございます」

ところが、提灯の明かりに新一の顔が照らされた途端、

「ぎゃっ、化け物！」

悲鳴を上げて逃げてしまった。

ひどい顔をしているから、客に怖がられるのはいつものことで、声がかかってから、

「やっぱり、やめておく」

と断られることも珍しくないが、いきなり化け物扱いされるのは、そうあることではない。さすがに不愉快になり、

（くそっ、気に入らないことばかりだ）

仕事を切り上げることにした。

重い足を引きずって裏店に帰る。

腰高障子を開けて、新一が、ハッとしたように身構える。部屋の中から妙な匂いがする。

そろりそろりと障子を開けて、中の気配を窺《うかが》う。

誰かが待ち伏せていれば、新一にはわかる。

誰にでも体臭があるし、呼吸をすれば口臭が出る。

研ぎ澄まされた盲人の五感を駆使すれば、健常者にはわからないこともわかるのだ。

が……。

怪しい者はいなかった。

ホッと肩の力を抜いて部屋に入る。

(この匂いは……)

框に腰を下ろしたときには、その匂いの見当がついていた。イモリの黒焼きだ。お盆に載せ、しかも、ご丁寧なことに横に徳利まで置いてある。新一が徳利を手に取ると、まだ生温かい。

「お絹……。いや、簪のお竜だったか」

お竜が支度していったに違いない。何だか無性におかしくなり、暗闇の中で小さな声で笑った。その夜は黒焼きを肴にして、いつもより多目に酒を飲んだ。そのせいか、ぐっすりと眠ることができた。黒焼きは、さほどうまくはなかった。

つぶての孫七

一

仕事に出るのは夕方からと決めている。

裏店の木戸を潜って往来に出る。五尺一寸の塗木玉杖を頼りに、新一が往来を歩き出したとき、びゅっ、と風を切る音がした。

(危ない)

咄嗟に新一は身をかわす。顔に向かって、何かが飛んできたのである。

「さすがにすばしこいな」

物陰から現れたのは六十くらいの老人だ。

「あんたですか。妙な悪ふざけをしたのは」

新一の声に怒りが滲《にじ》む。

「座頭の新一、なるほどなあ、噂通り、物凄い人相じゃねえかよ。按摩の腕前はいざ知らず、そのご面相は、間違いなく江戸で一番だろうぜ」

「……」

新一の顔には火傷の痕《あと》がある。いや、痕などという生易しいものではない。火事に巻き込まれて焼死しそうになったとき、顔の皮膚がどろどろに溶けてしまったのだ。たまたま夜道で新一に出会した者が、「ぎゃっ、化け物！」と叫んで腰を抜かすことも珍しくはない。それほどに醜い顔だ。それは新一自身も承知しているが、見ず知らずの他人に面と向かって嘲笑されれば、さすがに腹も立つ。

その怒りをぐっと堪《こら》えて、新一は、

「どなたさんですか？」

警戒しながら訊いた。この男が誰なのか知らないが、少なくとも相手の方では新一のことをよく知っているらしい。恐らく、新一が長屋から出てくるのを待ち伏せしていたに違いない。

「北川町の五右衛門を知っているな？」

新一の問いに答える気はないらしい。

「どこの誰とも知らない人に、こんなところで足止めされる理由があるんですか？　これから仕事なんですが……」

「座頭風情がたいそうな口を利くじゃねえか」

という言葉に続いて、ピシッという鋭い音がした。

(こいつ、十手持ちか)

新一は、ハッとした。今の音は掌に十手を打ちつけた音だ。

「失礼しました。親分さんだとは存じませず」

「質問に答えてないぜ」

「五右衛門親分のことでしたら、お名前だけは存じております」

「死んだぜ」

「耳にしております」

「それだけかよ?」

「と、おっしゃいますと?」

「賭場にも出入りしてたって話を聞いたぜ」

「一度だけです。博奕をしに行ったわけじゃありません。人を探しに行ったんです」

「本当か?」

「嘘は申しません」

「ふんっ、その言葉、本当かどうか、そのうちにわかるだろう。わしの目は節穴じゃねえからな」

その十手持ちがぐっと新一に近付いてきた。

その途端、新一は顔を顰めた。

ひどい口臭がしたのだ。

「おめえ、ただの座頭じゃねえだろう。さっきの身のかわし方、よほど修練した者の動きだったぜ」

「……」

ふふふっと薄ら笑いを残して、十手持ちが立ち去る。新一は、その場に佇んだ。ひどく不快だった。

二

裏店を夕方に出ても、町木戸が閉まる前にさっさと仕事を切り上げる。それが新一のやり方だ。気が乗らないと、一刻（二時間）くらい流しただけで終わりにしてしまう。稼ぎに執着がないのである。

この夜も、そうだった。仕事に出かけるとき、妙な十手持ちに絡まれたために、すっかりやる気をなくしてしまった。

暗い夜道をとぼとぼと裏店に向かっていると、背後からひたひたと足音が近付いてくる。

「新一さん」

「三平か」

「五右衛門っていう岡っ引きのこと、覚えてるだろう？」

三平は、新一の左後方をつかず離れず歩く。

「嫌な感じだなあ」

「何が？」

「その名前を聞くのは、今日、二度目だ。この手で地獄に送った野郎の名前なんざ聞きたくもないんだが……」

「二度目って……。まさか、もう孫七《まごしち》が新一さんのところに現れたってのかい？」

「年寄りの十手持ちのことか？」

「ああ、そうだよ。六十かそこらのじいさんだ」

「何者だ？」

「五右衛門の前に北川町で十手を預かっていた男だよ。五右衛門は、孫七の手先だったんだ。孫七が隠退して、代わりに五右衛門が十手を預かることになった」

「そのじいさんが何でまた？」

「新一さんのせいじゃないかよ」

「あ？」

「五右衛門を殺ったとき、一緒にいた子分たちも殺っちまっただろう？　古株の下引きを二人とも殺しちまったから、五右衛門の跡を継いで十手を預かる者がいなくなっちまったわけだ。それで隠居生活をしていた孫七が呼び戻されたってわけさ」

「急場しのぎってわけか」

「じじいだけど甘く見ない方がいい。昔は、『つぶての孫七』と呼ばれて、悪党どもから一目置かれていた奴らしいんだ」

「つぶての孫七ねえ」

「小石を投げる名人だってさ。空を飛ぶ鳥に当てるとか、暗い場所でも相手の気配だけを頼りに命中させるとか、凄い話がたくさんあるらしい。ま、長く隠居生活をしてたわけだから、その腕も鈍《なま》ってるんだろうけどさ」

　さあ、それはどうかな、と口の中でつぶやいてから、

「その孫七が何だって、おれの長屋にやって来るんだ？」

　と、新一は訊いた。

「五右衛門殺しの下手人を挙げるつもりらしい。別に新一さんを疑ってるわけじゃなくて、五右衛門と関わりのあった連中に手当たり次第に探りを入れてるらしいんだ。だから、新一さんも注意した方がいいって……」

「くそっ」

新一が悪態を吐《つ》く。うっかりと孫七のつぶてをかわしてしまったために、あらぬ疑いを孫七に抱かれてしまった。それを悔やんだのである。

（この役立たずめが。何だって、もう一日早く、それを知らせに来ねえんだ）

腹が立ったが口には出さなかった。三平が間の抜けたことをするのは、これが初めてではない。いつものことなのである。いちいち腹を立てていたのでは切りがない。

「そんな十手持ちに嗅ぎ回られたんじゃ、こっちも迷惑だ。いっそ消しちまったらどうなんだ」

「簡単に言うなよ。同じ町の十手持ちを立て続けに殺したりすれば、さすがに御番所だって黙ってないだろう。まあ、そのあたりのことは検校様が判断なさるだろうぜ。で、本題なんだけど……」

「本題？」

「決まってるじゃないか。仕事だよ、仕事。この世から消してもらいたい男がいるんだ」

三

同じ頃……。

北川町の自身番に孫七がいた。

　孫七の前に坐り込んで饅頭《まんじゅう》を食っているのは、孫七に手札を出している町方同心・矢《や》萩幸四郎《はぎこうしろう》である。下駄のように四角い顔で、しかも、一面にあばたがある。むしゃむしゃと饅頭を食いながら、

「どうだ、孫七。そろそろ、勘は戻ったか」

「ぼちぼちってところです」

「日中、随分と歩き回ってるそうじゃねえか。そんなのは若い者のすることだぜ。年なんだから、無理するなって」

「もう年寄りですからね。十手を預かるなんてできませんと何度もお断りしたはずですよ。それを旦那が……」

「ああ、そうだった、そうだった」

　がはははっと笑いながら、お茶を飲む。奥歯に饅頭かすでも詰まったのか、いきなり、上を向いてうがいを始める。しばらくうがいを続け、おもむろに喉を鳴らして茶を飲み込む。ふーっと息を吐き、すっきりした顔で、

「皮肉を言うなよ。おめえの体を心配してるんだ」

「はい」

「で、どうなんだよ。もう気が済んだのか」

「気になることがあるんで、もう少し続けたいんですが」

「お上のために働いていた者たちが一度に三人も殺されたんだから、何とかしたいという気持ちもわからないでもねえ。けどなあ……」

「何人か怪しい連中がいるんです。もう少しだけ好きにさせてもらえませんか」

「いいさ」

幸四郎が肩をすくめる。

「すいません」

「こっちだって無理を言って、のんびり隠居生活をしているのを引っ張り出したんだ。やりたいようにやればいい。けどな……」

幸四郎が声を潜める。

「五右衛門が死んでから、この町の上がりが滞っちまってるんだ。わかるだろう？　お上の力で町の者たちを守ってやってるんだから、それに感謝して町の者たちが礼金を出すのは当たり前だ。けど、まさか、わしが自分で金を集めるわけにはいかねえ。それは十手持ちのやることだ。下手人探しもいいが、本分を忘れてもらっちゃ困るぜ」

「……」

「そもそも、何だって、そんなにムキになる？　確かに三人も殺された大事件だが、おめえとは大した縁もない連中じゃねえか。五右衛門は、おめえに仕込まれた男だが、十手を預かるようになってからは、盆暮れの挨拶だってろくにしないような薄情な男だったんじゃねえのか？」

「おっしゃる通りです」

「それなら、なぜ、こだわる？」

「この町で十手を預かるのなら、すっきりした気持ちで預かりたいんです。引っかかりがあるのは嫌なんですよ。それだけです」

四

「来たぜ」

三平が囁く。

「何人だ？」

「三人だ」

「用心棒が二人ってことだな」

「いや、そうじゃないな。先頭で、提灯を持ってるのは背格好からして、小僧だろう」

「小僧だと？　おい、三平。いったい、誰を殺るつもりなんだ」

「おっと、そいつは訊いちゃいけない定めだぜ。相手が誰だろうと、黙って地獄に送るのが新一さんの仕事だろう」

「ああ、わかってるよ。てことは、用心棒は一人だな？」

「ふうむ、もう一人も用心棒って感じじゃないな。大小も差してないし。小僧よりは大きいから手代ってところかな」

「小僧に手代だと……」

「相手が誰でも気にするなって。余計なことを考えると手許が狂うぜ」

「……」

ちっ、と舌打ちして、天水桶の陰から新一が立ち上がる。

堀端の裏通りで、しかも、夜五つ（午後八時頃）ともなれば人通りはほとんどない。葦が風にそよぐ音すら聞こえてくるような静かな夜である。

新一がゆっくりと歩き出す。

心持ち前屈みになり、顔を斜めにして、右の耳を前に突き出すような格好をする。目が見えないのだから、その分、聴覚に頼らざるをえない。盲人の聴覚は健常者に比べて非常に発達しており、足音を聞き分けることで、相手の位置や相手の特徴までも正確に知ることができる。

（なるほど、三人……。先頭が小僧か。土を踏む音が軽い。小僧にしても小柄だな。まだ十二、三というところか。その後ろにいる奴も若い。足取りが軽そうだ。いや、落ち着きがなくて、そわそわしてるのかな。年寄りは、一番後ろにいるな……）

そんなことを考えながら、標的に向かっていく。

新一の心に迷いはない。

相手が年寄りだろうと女子供だろうと、いざ、仕事に取りかかってしまえば、新一を躊躇《ちゅうちょ》させる材料にはなりえない。何の感情もなく、ごく当たり前に、あたかも飯でも食うように人の命を奪う、心を鬼にするのではなく、何も考えずに体だけを動かす、そういう訓練を受けているのだ。

「座頭さん、危ないですよ。そっちは堀ですから」

やはり、子供の声である。

しかも、親切な子だ。

「ああ、畏《おそ》れ入ります。ぼんやりしちまって」

こうやって、さりげなく相手の懐に入り込んでしまう。自分の間合いを取ることさえできれば、あとは簡単だ。いきなり悲鳴を上げられたりするのが、何よりも厄介なのである。

「ひぇっ」

小僧が息を飲む。提灯に照らされた新一の醜い顔に驚いたのであろう。

「用がないのなら、さっさと行け」

これは手代だろう。口の利き方が乱暴だ。

それに落ち着きがない。右手に持っているのは短刀だろうか。何を警戒しているのであろう、と新一は訝《いぶか》しんだ。

「よかったら表通りまで一緒にいらっしゃい。このあたりは暗すぎる」

落ち着いた物言いといい、低い声音といい、恐らくは、恰幅のいい五十がらみの中年男であろうと新一は見当をつけた。この男が標的だ。

「お気遣い、ありがとうございます。しかし、わたしは目が見えませんので、暗くても不自由はしません」

「それならいいんだがね」

「……」

新一が息を止める。小僧と手代、それに中年男の三人は、すでに新一の間合いに入っている。

瞬《まばた》きする間もなく、この三人は死体になるであろう。

そのとき、新一の耳許で風を切る音がした。

(む?)

聞き覚えのある音だ。昨日、裏店の近くで孫七から放たれたつぶてが、やはり、同じような音を立てた。新一は、咄嗟に杖から右手を離した。

「おう、妙なところで会ったなあ」

暗がりから孫七が現れる。

「誰だ？」

手代が警戒して身構える。孫七を物取りの類と思ったのかもしれない。

「ご心配には及びません。こういうものですから」

孫七が十手を取り出すと、

「ああ、親分さんですか」

手代は安心したらしい。ほっと息を吐く。

「たまたま、この近くを歩いてたら、ここに人が立ち止まってるのを見かけたんで、何か揉め事でもあったのかと思ってね」

「そうじゃありません。座頭さんの足許がおぼつかないように見えたので、表通りまで連れて行ってあげましょうかと話していただけですから」

「ふうん、この座頭がねえ……。おめえ、具合でも悪いのかよ？」

「大丈夫です。それじゃ失礼しますよ」

新一は丁寧に頭を下げると、その場を去った。

いつもと変わらぬ表情だが、腹の中では怒りが煮えくり返っている。

角を曲がると、

「新一さん」

三平が近寄ってきた。

「おい、気をつけろ。後ろから人が来てないか」

「大丈夫だ。ちゃんと確かめた」

「あれは孫七だ。くそっ、わたしをつけていたに違いない」

「だけど、そんなはずは……」

「偶然、この場に居合わせたってのか？　裏店からつけてきたんだよ。途中で暗くなって、わたしを見失ったんだろう。このあたりにいるはずだと見当をつけて、うろうろしていたってところじゃないのかな。勘のいい奴だ」

「五右衛門殺しの一件で新一さんのことを疑ってるってことかな。あいつらを始末しようとしてたこと、ばれちまったかい？」

「いや、まだ刀は抜いてなかった。もし抜いてたら、四人とも消していた。孫七にしても、疑ってはいるが、確証はないってところなんだろう」

「そいつはよかった。孫七を殺せとは命令されてない。十手持ちを殺すのは厄介だ」

「だが、このままじゃ、まずい。うるさく嗅ぎ回られたんじゃ、もう仕事はできない」

「わかった。検校様に伝えるよ」

三平が新一から離れていく。

新一は、夜道を一人でてくてくと歩いた。

一方、後に残った孫七。

「失礼ですが、相模屋《さがみや》のご主人さんじゃありませんか？」

「わたしを知ってるんですか？」

「北川町で十手を預かる孫七と申します。熊井町の大店《おおだな》のご主人の顔くらいはわかります。こんな夜更けに裏道を歩くのは危ないんじゃありませんかね」

「町木戸が閉まるような時間なら駕籠《かご》を頼みますけど、まだ、そんなに遅くもありませんしね。それに手代と小僧が一緒ですから」

「手代さんが持ってるのは匕首《あいくち》ですか？」

「まさか、これは木刀を短くした物です」

「なぜ、そんな物を？」

「何日か前、小僧と二人で夜道を歩いているときに物取りに襲われそうになりましてね。幸い、お武家様が通りかかったので事なきを得ましたが」

「そのこと、自身番に届けましたか？」

「いいえ。大したことじゃないと思ったので届けませんでした。ただ、用心のために、小僧だけでなく手代も連れ歩いているわけでして」

「つかぬことを伺いますが」

「何でしょう？」

「誰かに命を狙われるなんて覚えはありませんかね?」

五

二日後の夜……。

いつものように小笛を吹きながら新一が通りを流していると、両国橋の手前、尾上町《おのえちょう》に差しかかったとき、

「座頭さん」

と声をかけられた。若い女の声だ。

「お願いできますか」

「へえ、ありがとうございます」

「こっちなんです」

その女は新一を大川沿いの船宿に案内し、客は屋形船で待っている、と告げた。

「いいかしら」

「結構でございますよ」

按摩など、どこでやっても同じである。

「それじゃお願いします。船は、半刻(一時間)でここに戻りますから」

新一が船に乗り込むと、すぐに船頭が船を岸から離した。

「座頭でございます」

新一が障子を開ける。

中から、へへへっという笑い声が聞こえた。

(ん?)

新一が小首を傾げる。

「まさか……」

「おれだよ、おれ」

「何だ、三平かよ」

途端に態度がぞんざいになる。

「こんな手の込んだことをしやがって。どういうつもりだ?」

「また孫七につけられてるかもしれないじゃないか。新一さんと打ち合わせをしているのを見られたら、おれまでやばいことになる。おれがやばいってことは、検校様にも迷惑がかかるってことだからな」

「それで屋形船かよ。だけど、いいのか?」

新一が顎をしゃくる。船頭に話を聞かれるのではないか、というのである。川の上は静かだし、耳を澄ませば、屋形の中の話し声など筒抜けであろう。

「ああ、それは心配ないんだ」

「なるほどな」

　つまり、船頭も、新一を案内した若い女も、いや、この船宿そのものも森島検校の支配下にあるということなのであろう。

「で、話とは？」

　よほど大切な用件があるから、こんな手間暇かけたのに違いない。

「この前のことだけどね。ちょいと、まずいことになってる。ケリをつける必要がある」

「わかってるよ。今度はうまくやる」

「そうじゃない。消してもらう相手が変わった」

「違う仕事ってことか？」

「いや、そうじゃないんだ。この前、新一さんが消し損なったのは相模屋益右衛門《ますえもん》という油問屋の主《あるじ》なんだが、新一さんに消してもらいたいのは益右衛門の倅《せがれ》なんだ。鹿之助《しかのすけ》っていう遊び人だ」

「益右衛門の方は、いいのか？」

「ああ、それはもういいんだ」

「わからないな」

「そうだろうね。込み入った話だから」

「ふんっ、どうせ何も訊かずに黙って仕事をやれというんだろう」

「いやいや、そうはいかないさ。きちんと説明するよ。何しろ、鹿之助は大番屋に囚《とら》われている。それを消してくれってんだから簡単な話じゃない」

六

三平の話とは、こうであった。

益右衛門は、元々は相模屋の番頭に過ぎなかった。

相模屋の先代には、息子がおらず、お松《まつ》という一人娘がいるだけだったので、お松に婿養子を取って相模屋を継がせることにした。その婿養子というのは益右衛門の先輩の番頭である。その間に生まれたのが鹿之助だ。

ところが、鹿之助がまだ赤ん坊の頃、その婿養子が流行病《はやりやまい》で呆気《あっけ》なく亡くなってしまった。いずれ鹿之助が相模屋を継ぐにしても、赤ん坊ではどうにもならない。そこで先代の相模屋は、益右衛門とお松を娶《めあわ》せることにした。益右衛門に否応はない。婿入りを承知した。つまり、益右衛門と鹿之助というのは血の繋《つな》がった親子ではない。

その後、お松と益右衛門の間に娘が一人生まれた。お沢《さわ》といい、今年、十六になる。鹿之助にとっては異父妹だ。

先代が亡くなったのは十二年前で、以後、益右衛門が相模屋を取り仕切っている。お松と益右衛門の夫婦仲も円満で、商売も順風満帆である。先代の頃から相模屋は大店だったが、益右衛門の代になって、更に大きくなった。

この夫婦には、ひとつだけ悩みの種があった。

鹿之助である。

鹿之助は、まったく益右衛門に馴染まず、何かにつけて反抗した。真面目に働くことが嫌いで、遊興に溺れやすい性格でもあったのであろうが、十三、四の頃から家の金を持ち出して遊び歩くようになった。飲む、打つ、買うの三拍子が揃い、十五になる頃には、悪所に巣くう遊び人たちの間で誰知らぬ者のないような存在になっていた。

益右衛門とお松は何度となく鹿之助を諭したが、そうすると、両親に当てつけるかのように、かえって鹿之助の行状はひどくなった。

見かねた相模屋の親類一同が相談し、

「遊興に耽るのも二年や三年くらいなら若気の至りで許されようが、鹿之助の振る舞いは、一向に治まる気配がない。それどころか、ますます、ひどくなるようだ。聞くところによれば、鹿之助が散財した金は五百両ではきかぬという。いくら相模屋の跡取りとはいえ、到底、許されることではない。何代にもわたって築き上げてきた身代を鹿之助のような愚か者のために食い潰されてはご先祖様に顔向けもできぬ。益右衛門殿は相模屋に入り婿した御方ゆえ、鹿之助に遠慮もあろうが、甘い顔をすれば鹿之助を増長させるだけである。相模屋の暖簾を守り、身代を守るためにも、この上は、鹿之助を勘当し、お沢に婿を取って相模屋を譲るがよかろう」

と、益右衛門に勧めた。

益右衛門の気持ちも傾いたのだが、お松が、

「必ず、鹿之助に心を入れ替えさせますから、勘当するのだけは待って下さいませ」

と泣きついた。

それで益右衛門も勘当を思い留まったのである。

しかし、そのお松も、つい最近、病で亡くなった。

益右衛門とすれば、誰に憚《はばか》ることもなく鹿之助を勘当することができるようになったわけである。


「ふうむ……」

新一が小首を傾げる。

「てことは、益右衛門を殺してくれと検校様に依頼したのは鹿之助ってことなんだな。だが、わからないのは、なぜ、今度は益右衛門ではなく、鹿之助を殺せって話になるのかってことだ。まさか、意趣返しに益右衛門が鹿之助殺しを検校様に依頼したってことでもあ

るまいに」

「それは、ちょっと違うんだ」

三平が首を振る。

「益右衛門を始末してくれと検校様に頼んだのは鹿之助じゃない」

「それじゃ、誰だ？」

「誰とは言えないが……。まあ、鹿之助に大金を貸している人間がいると思ってくれ。言うまでもなく、真っ当な世過ぎをしている人間じゃないよ」

「で？」

「鹿之助は、相模屋から金を持ち出して遊び歩いていたわけで、それが五百両とも千両とも言われている。目の玉が飛び出るような大金だが、鹿之助には、それでも足りなかったらしい。博奕にのめり込む奴はみんなそうだが、際限もなく借金を作っちまうんだな。賭場でコマがなくなっても、相模屋の跡取り息子なんだから、こんな確かな相手はいないってわけで、胴元も、ふたつ返事でいくらでも貸すんだろうよ。死一倍《しにいちばい》ってやり方、知ってるかい？」

「親の遺産を担保にして、親が死んだら借金を二倍にして返すという取り決めだろう」

「そうだよ。鹿之助は、その死一倍を使って、何だかんだと二千両くらいの借金を拵えたらしい」

「二千両とは凄いな」

「なあに、死一倍で四千両だろう。それくらいで相模屋の身代はびくともしないぜ。但し、鹿之助が無事に相模屋を継ぐことができればの話だ」

「ふむふむ、筋書きが見えてきたぞ。つまり、鹿之助が勘当されたら借金を取り返すことができなくなる。だから、鹿之助が勘当される前に益右衛門を殺そうとしたわけだな。鹿之助に相模屋を無事に継がせるために」

「飲み込みが早いね。その通りさ。ところが、益右衛門殺しは失敗し、鹿之助が大番屋に引っ張られちまった。どうやら孫七が益右衛門に余計な入知恵したらしいんだ。あんたを殺したがってる奴はいませんか、とね。実は、新一さんには話してなかったが、何日か前にも、一度、物取りの仕業に見せかけて益右衛門を始末しようとした奴がいる。生憎と、それもしくじってしまったんだけどね」

「だから、手代が妙な物を持ってたんだな」

手代に落ち着きがなく、やけにそわそわしていた理由が新一にもわかった。また襲われるのではないかと警戒していたのであろう。

「しかし、誰が何のために鹿之助を殺すんだ？」

「益右衛門を殺してくれと依頼した奴らが、今度は鹿之助を殺してくれと依頼してきた」

「鹿之助を殺したら元も子もないじゃないか。借金をどうするんだ？」

「ふんっ、借金といっても二千両の小判を貸したわけじゃなくて、どうせ、いかさま博奕で嵌め込んで、次から次へと借用証文を書かせただけだろうさ。それよりも、取り調べを受けて、なんやかんやと余計なことをしゃべられる方が困るんだろう。なぜ、益右衛門の命を狙ったのか、そこから話し出せば、鹿之助に金を貸した相手のことだけじゃなく、検校様にまで話が及ぶかもしれない。鹿之助ってのは、根性のない奴らしいから、厳しく責められたらイチコロだ。絵に描いたような色男で、身に付ける物は毎日替えるのは当たり前で、下着は絹。毎朝、髪結い床で髷《まげ》を結い直し、仕上げに女のような伽羅《きゃら》の油をたっぷりとつけるっていうんだからな。そんな奴が責めに耐えられるはずがない」

「事情はわかった。しかし、大番屋にいる者をどうやって始末するんだ？　いくらなんでも無理だぜ」

「大番屋では大した取り調べは受けない。本当に厳しく責められるのは牢屋敷に移されてからだ」

「おいおい、まさか……」

「二、三日中に、鹿之助は大番屋から牢屋敷に移される。そのときに殺るしかないね」

七

「旦那、どうしても駄目ですか？」

「なあ、孫七、相手は座頭だろう。普通の人間をお縄にするのとはわけが違うぜ。疑いようのない証拠でもあるのなら話は別だがな」

「座頭に手出しがしにくいってことは承知してますが……」

幕府は、盲人を手厚く保護している。

しかも、盲人の世界というのは、検校を頂点とする厳格な階級組織になっているから、盲人をお縄にすれば、その上部組織から苦情が申し立てられることを覚悟しなければならない。新一をお縄にしたい、という孫七の申し出に矢萩幸四郎が首を縦に振らないのは、そのためであった。

「五右衛門殺しについても、今度の相模屋の一件についても、あの座頭が関わっているのは間違いないんですよ」

「おめえの勘だろうが」

「十手を預かって二年や三年という駆け出しとは違います。信じて下さいませんか」

「おめえを信じてるさ。その腕を買ってるからこそ十手も預けたんだし、相模屋のことにしても、倅を大番屋に引っ張ることを承知したんじゃねえか。与力様からは、ちょっと無茶じゃないのかと小言を頂戴《ちょうだい》したんだぜ。それを、わしが押し切ったんだ」

「あれは、相模屋の旦那も鹿之助が怪しいとおっしゃったからじゃありませんか」

「当の相模屋はぴんぴんしてるじゃねえか。何日か前、夜道で襲われたって話にしても、本当に、ただの物取りだったのかもしれないし、鹿之助が殺し屋を雇って父親の命を狙ったなんていうのは、本当のところ、わしだってすぐには信じられねえな。だが、わしはおめえの言葉を信じて……」

「大丈夫です。鹿之助を責めれば、本当のことがわかるはずです」

「たとえ勘当されかかっているとはいえ、相手は相模屋の跡取りだ。無宿人を責めるようなわけにはいくまいよ。とりあえず、明日の夜、鹿之助を牢屋敷に移し、お奉行様のお考えも伺った上で鹿之助の扱いを決める」

「え、夜ですか」

孫七が驚くのも無理はない。容疑者を夜に移送するというのは滅多にあることではない。

「朝から夕方まで、別の一件で下総まで出かけなければならぬのでな。夜しか、体が空いておらぬ」

「それなら明後日になされば……」

「わしも気になるのだ。取り調べをするのなら、少しでも早い方がいいではないか。違うか？」

「おっしゃる通りです」

孫七はうなずきながらも、何か釈然としない気持ちを拭い去ることができなかった。

八

さて、その次の夜……。

昼過ぎから降り始めた雨がしとしとと降り続いており、湿っぽい空気が体にまとわりついてくるような肌寒い夜である。

外神田・佐久間町にある大番屋を、鹿之助を護送する一行が出たのは暮れ六つ（午後六時頃）を過ぎた頃であった。普段なら、まだ空に微かに明るさが残っていてもおかしくない時刻なのだが、どす黒い雨雲が空を覆っているため、あたりは暗闇に包み込まれ、路上には行き交う者の姿もほとんどない。

一行は七人である。

鹿之助、矢萩幸四郎、孫七、牢屋敷から鹿之助を引き取りに来た下役人、それに下男、あとの二人は駕籠舁《か》きである。鹿之助は手足を縛られて駕籠に乗せられて運ばれるのだ。

提灯はふたつ、先頭を行く下役人と、最後尾の下男が持っている。

（ちっ、嫌な夜だ……）

孫七は、間断なく雨が落ちてくる夜空を見上げた。

最初から気に入らなかった。

なぜ、こんな雨の日に、しかも、日が暮れてから鹿之助を牢屋敷に移送しなければならないのか。

妙な胸騒ぎがする。

理由はない。

だから、矢萩幸四郎には黙っていた。

「また、得意の勘てやつか」

そう笑われるのがオチだろう。

和泉《いずみ》橋で神田川を渡る。

真正面に武家屋敷が見える。富田中務《なかつかさ》の屋敷である。真っ暗で薄気味悪い場所だ。そこを左に曲がる。しばらく暗い道を歩くことになる。細川長門守《ながとのかみ》の屋敷を過ぎると豊島町に入るから、少しは人通りもあり、明るさもある。細川屋敷の白いナマコ塀が暗闇の中で仄《ほの》かに浮かび上がるのを右手に見ながら、一行が進んでいく。

「そういえば、このあたりだったな……」

矢萩幸四郎がつぶやく。

「何がですか？」

「よく辻斬《つじぎ》りが出たという場所だ。天和《てんな》・貞享《じょうきょう》の頃というから随分と古い話だが」

「ああ、そうなんですか」

さして興味もなさそうに孫七が相槌《あいづち》を打つ。

「そのせいかどうか、こんな雨の夜には今でも人魂が飛ぶという……」

矢萩幸四郎の言葉を遮るように、孫七の背後で、うわっという声が聞こえた。孫七が振り返ると、下男の手にした提灯が地面に落ちている。

「どうした！」

「いきなり何かが飛んできて……」

「何？」

孫七がしゃがみ込んで提灯を手に取る。

提灯には親指ほどの大きさの穴が開いていた。

（誰か石をぶつけやがったな）

どこからか投げられた石が提灯にぶつかり、それに驚いて下男が提灯を落としたのだ。

水に濡《ぬ》れて蠟燭《ろうそく》が消えてしまった。

前方から水を撥《は》ね上げながら駆けてくる足音が聞こえる。ハッとして、孫七が肩越しに振り返ると、墨染めの衣を頭から被った者が突進してきた。

（あ）

白刃がきらめいた、そう思った瞬間、周囲が深い闇に包まれた。その何者かが下役人の手にする提灯を斬り捨てたのだと孫七にはわかった。

（鹿之助を殺しにきたな）

孫七はぴんときた。口封じするつもりに違いない。

そうはさせじと、孫七は鹿之助を駕籠から引きずり出す。駕籠の中にじっとしていれば、格好の目標になるからだ。その鹿之助は何が起こったのかわからず、がたがた震えている。

「いいか、じっとしてろ。口も閉じろ。この暗闇だ。おとなしくしていれば、おまえの姿も相手から見えない」

うわっ、という叫び声が聞こえた。

牢屋敷の下役人の声だ。

（やられたか）

孫七が腰から十手を抜き、身構える。

うげっ、という声が聞こえ、誰かが倒れた。

牢屋敷の下男であろう。

「ひぇーっ！」

「助けてくれーっ！」

駕籠舁きたちが悲鳴を上げて走り出す。

「矢萩様、いらっしゃいますか？」

「ここにいる。暗くて何も見えん」

前方から声がする。

「そっちは無事か？」

「今のところは」

「鹿之助は？」

「……」

口を閉ざす。

（いる）

明かりがないため何も見えない。

しかし、はっきりと気配を感じる。

すぐそばで息を殺し、こちらの様子を窺っている者がいる。刺客に違いない。孫七は十手を左手に持ち替え、懐からつぶてを取り出した。つぶてを握り締めると、孫七は目を瞑《つぶ》った。視覚に頼ろうとすると、どうしても他の感覚が鈍ってしまう。敢《あ》えて目を瞑ることによって五感を研ぎ澄まし、相手の息遣いを感じ取ろうというのである。

（そこか）

孫七は目を瞑ったまま、右手を振り上げ、つぶてを放った。はっきりと手応えを感じた。

当たった。

次の瞬間、凄まじい殺気の塊が孫七に迫ってきた。

慌てて、もうひとつのつぶてを懐から取り出す。

が、相手が近すぎて、つぶてでは間に合わない。

咄嗟に左手の十手を振り下ろした。

手応えはない。空振りだ。

「うげげげ……」

鹿之助の断末魔だ。

あたりに濃厚な血の匂いが漂う。斬られた。

「くそっ、どこだ。どこにいる！」

闇雲に十手を振り回すが、空《くう》を切るばかりだ。

「おい、孫七」

孫七の顔が明かりに照らされる。矢萩幸四郎が提灯に火を入れたのだ。

「もう誰もいない」

「え」

孫七が周囲を見回す。駕籠の近くに三人倒れている。それに矢萩幸四郎と孫七。他に人影はない。

「鹿之助は……」

「もう死んでるな。一太刀であの世に送るとはいい腕だ」

「それじゃ、三人も……」

「いや、そっちの二人は生きている。たぶん、峰打ちだな。気を失っているだけだ。鹿之助だけを殺していきやがった」

「くそっ、あいつだ。あいつに違いない……」

孫七が歯軋《はぎし》りする。

「何のことだ?」

「失礼します」

孫七が裾をからげて走り出す。その姿は、とても六十の老人には見えない。

九

新一が裏店の木戸口に差しかかったとき、

「おい、座頭」

後ろから声をかけられた。

「親分さんですか」

「どこに出かけていた？」

「稼ぎですが」

「今夜は雨だぜ。棒手振と座頭は、雨の日は休みってのが相場だぜ」

「食っていくには贅沢《ぜいたく》も言えません」

「おめえ、血の匂いがするぞ。ぷんぷん匂うぜ」

いきなり孫七がつぶてを投げつける。

新一は咄嗟に身を屈める。

そこに孫七が十手を振りかざして襲いかかる。

新一は塗木玉杖を撥ね上げる。柄の部分が孫七の顎に当たり、孫七がよろめきながら後退る。

右耳を前に突き出す格好で新一が孫七の様子を窺う。次の攻撃に備えているのだ。

「うっ、うぐぐっ……」

孫七が呻き声を発する。腹を押さえて地面に膝をついているのだ。

「親分さん、大丈夫ですか？」

返事はない。

新一が歩み寄ると、孫七は気を失って倒れていた。

十

「ううむっ……。ここは、ここは、どこだ？」

「気が付きましたか。ちょっと待って下さい」

　カチッ、カチッ、という音がして、行灯に火が入れられる。部屋の中が、ぽーっと明るくなる。

「あ、おめえは」

　新一の顔を見て孫七が驚愕《きょうがく》する。

「わたしらには行灯も必要ないもんですから」

「わしは、どうして、ここに……？」

「木戸口で倒れたんですよ。覚えてませんか？」

「なぜ、殺さなかった？」

「何で、わたしが親分さんを殺すんですか」

「とぼけるな。てめえ、殺し屋だろう。今夜、相模屋の倅を殺ったはずだ」

「今夜は稼ぎに出ていたと申しましたよ。それよりも親分さん、差し出がましいようですが、十手なんか預かって走り回るよりも、静かに養生なさった方がよろしいですよ」

「何のことだ？」

「ご承知のはずです。腹に重い病を抱えてらっしゃいますね。日に一度くらいはひどく痛むんじゃありませんか」

「てめえの知ったことじゃねえ」

「失礼しますよ」

新一が孫七の腹のあたりを掌でさする。

「さっき、あまり苦しそうだったんで、痛み止めの鍼を打ちました。今、痛みますか？」

「いや、別に……」

「念のために、もう一本、打っておきましょう」

新一が手際よく鍼を打つ。

「さあ、これでいい。どうです、体が軽くなったような気がしませんか？」

「ああ、そう言えば、少し……」

「これで病がよくなるわけじゃありませんが、鍼で痛みを消すことはできます。また痛むようなら、ここを訪ねて下さい」

「それで恩を売ったつもりか」

孫七が起き上がり、土間に降りて雪駄《せった》をつっかける。

「そんなつもりはありません」

「ふんっ、今に、わしを殺さなかったことを後悔するぜ」

「親分さん、もっと体をいたわることです。無理ばかりすると、誰かが親分さんを殺《あや》めたりする前に、腹に巣くっている病に殺されちまいますよ」

「うるせえ」

孫七が部屋を出て行く。

ふーっと息を吐く。

「やれやれ、強情なじいさんだ」

「最初に会ったとき、あんまり息が臭いから、もしやと思っていたが、やっぱり、腹に病を持っていたな。ちょっと触っただけで、あんなに膨らんでいるのがわかるくらいだから、せいぜい、あと半年くらいの命ってところだろうな。ふふふっ、つぶての孫七は病に殺されちまうのさ。何も、こっちが手を汚すまでもない。あ、痛っ」

新一が顔を顰め、脇腹をさする。

腹をくつろげると、右の脇腹に赤い痣《あざ》がくっきりと浮き上がっている。鹿之助を斬る直前、孫七にぶつけられたつぶての痕だ。

「仕方がねえな。痛み止めの鍼を打っておくか……」

十一

数日後……。

大川を屋形船がゆっくりと進んでいる。

いつぞや新一が乗った船である。

屋形の中から笑い声が聞こえる。

一人は島岡《しまおか》別当、もう一人は矢萩幸四郎だ。

島岡別当は、森島検校の片腕と言われる五十がらみの盲人である。盲人社会において、別当は検校に次ぐ高位である。島岡別当の背後に三平が畏《かしこ》まって控えている。

「矢萩様のおかげで助かりました。森島検校も大変感謝しております」

「そうか」

「早速ですが、これは、お約束の物で……」

島岡別当が袱紗《ふくさ》包みを差し出す。

「ふむ、三本だな？」

「さようでございます」

三百両という意味であろう。

「与力様から随分とお小言を頂戴したから、もう少し弾んでほしいところだが、検校とも長い付き合いだ。これでよかろう」

「ところで、矢萩様、あの十手持ちのことですが……」

「ああ、孫七か」

「ちょいとばかりうるさすぎるようでして……」

「こっちも思惑が外れた。昔は腕利きだったが、もう年寄りだから、形だけ十手を預かって適当にやるだろうと高を括《くく》っていたんだが、何を勘違いしたのか、ムキになって張り切り出して……。五右衛門殺しの下手人探しなんかより、町の者たちから上がりを集めてこいと言い聞かせているのだが」

「聞く耳を持ちませんか？」

「駄目だな」

「しかし、五右衛門の一件を探られると矢萩様も困ったことになりましょう」

「五右衛門か……。たかが十手持ちの分際で上がりをかすめるような真似《まね》をするとは な。わしを嘗めるから長生きできなかったんだ」

「どうします、孫七を？」

「近々、何か理由を拵えて十手を取り上げる。そう言いたいところだが、その必要もなくなった」

「と、おっしゃいますと？」

「血を吐いたのよ。盥《たらい》から溢《あふ》れるほどの血を吐いて、そのまま寝込んじまった。昨日、娘がわしを訪ねてきて、もう十手を預かるのは無理ですと話していったよ」

「それはまた何とも好都合なことで」

「世の中、うまくできてるなあ」

「まったく、まったく」

二人が声を合わせて笑う。

（世の中、悪い奴が多いよ）

自分の膝元に視線を落としながら、三平は腹の中で呆れた。

一年殺し

一

その日、新一は三平に案内されて、尾上町にある船宿に連れて行かれた。ここには前にも一度来たことがある。森島検校の息のかかった船宿である。

（よほど大切な用件らしい）

と、新一にも察しはついた。誰にも聞かれたくない用件だから、わざわざ舟の上で会うのであろう。

「さ、ここだよ」

三平の手を借りて、新一が屋形船に乗り込む。

「乗らないのか？」

「おれはここで待ってる。たぶん、半刻（一時間）くらいで済むはずだ」

「新一、こっちだ。入れ」

屋形の中から野太い声が聞こえた。

「ほら、お呼びだ。別当様をお待たせしちゃ悪いぜ」

「別当様？」

「そういうこった」

舟が岸から離れ始める。

「失礼します」

新一が障子を開ける。

「うむ。入れ」

森島検校の右腕と言われる島岡別当である。これまでに何度か、新一は島岡別当に会っているが、会って楽しい相手ではない。

「骨惜しみせずによく働いてくれるな。検校様もお喜びであるぞ」

「恐れ入ります」

新一が恭《うやうや》しく平伏する。

（もう一人いるな……）

気配を感じる。島岡別当の傍らに誰かいる。

「大坂の方では、まだ諦めていないらしい。さすがに山村検校は執念深いな」

ならぬぞ」

「検校様の保護がなければ、おまえも長生きはできなかったはずだ。その大恩を忘れては
「……」

「はい」

「ところでな、ちょっと頼み事がある」

「何なりと」

「おまえ、一年殺しを会得《えとく》しているな」

「は？　一年殺しでございますか」

「うむ」


一年殺しというのは盲人暗殺者の用いる必殺鍼のひとつで、この鍼を打たれると、ちょうど一年後に死に至るという。

「ここにいる藤一《とういち》は、おまえにとっては、いわば先輩に当たる。年齢《とし》もそうだが、検校様のために働くようになってからの歳月も、な。藤一にその業を伝授してほしい」

なるほど、それで島岡別当が出てきたか、と新一は合点がいった。殺し屋というのは、それぞれが独特なやり方をするものであり、従って、暗殺に用いる手段も様々だ。それは一種の秘伝といってよく、簡単に他人に教えるようなものではない。

特に一年殺しといえば秘伝中の秘伝といっていい。三平が口にすれば、新一は即座に断

ったであろう。だが、相手が島岡別当では、そうもいかない。

「承知だな？」

「はい」

新一がうなずく。逆らえる立場ではなかった。森島検校の怒りを買えば、直ちに大坂からの刺客の影に怯えることになるのだ。

「快く承知してくれると思っていたぞ」

島岡別当が機嫌よく笑う。

二

「ほら、ぴったりだ。ちょうど半刻だね」

舟が岸辺に着くと、待ち構えていた三平が新一に手を貸してくれた。

「真っ直ぐ裏店に帰るのかい？　まさか、これから稼ぎに出るってことはないだろうね」

「いや、帰る。ちょっと疲れた」

「そうだろうともよ。別当様は気難しい人だからね。こっちが気疲れするよな」

新一が歩き出すと、それに並んで三平も歩き出す。

「で、承知したんだね？」

「断れる立場かよ」

新一が不機嫌そうに舌打ちする。

「ま、それもそうだ。強引な人だからなあ、別当様は……」

「早く話さねえか」

「そんなに込み入った話でもないのさ。丹波屋《たんばや》という紙問屋の大旦那が自分の娘よりも若い常磐津《ときわず》の師匠に入れあげちまったと思ってくれ。相手が女郎なら身請けして、どこかに囲えばいいだけの話だが、相手は素人だから、金を積めばどうにでも転ぶってわけでもない。足繁く稽古《けいこ》に通って、金に糸目を付けずに贈り物なんかをして、独り身が長くて淋しかったのか、老いらくの恋ってのかね、何をトチ狂ったのか女房になってくれなんて言い出したわけさ。女の方としても、本音では、自分の父親よりも年上の、老い先短い年寄りの女房なんかになりたくないんだろうが、金だけは腐るほど持ってるわけだし、簡単に袖にするのは惜しい。とうとう承知した」

「ふんっ、下らねえ」

新一が吐き捨てる。

「厄介なのはさ、その女が身籠もっちまったことでね。大旦那は大喜びだ。その年齢で子供ができるなんて嬉しい驚きなんだろう。おさまらないのは倅だ。うん、倅が一人。あとは娘が三人だ。当然、倅が丹波屋の跡継ぎってことだよ。けど、常磐津師匠が男の子を生むと厄介じゃないか。後々、家督を継ぐときに、弟がいると火種になるのは目に見えているからね」

「やっぱり、下らねえ」

「もっと厄介なことがある」

「もったいをつけるな。さっさと言え」

「どうやら、その赤ん坊、大旦那の種じゃなさそうだってことだ」

「何？」

「倅も身代を守るために必死だから、金と人手を使って、常磐津師匠の身持ちを洗ったわけだ。すると、その師匠、結構、男出入りが激しいらしくてさ。なかなかの好き者さ。今の男とは長いらしいけどね」

「身籠もったのは、その男の種ってことか？」

「そうらしいね」

「わからねえな。それなら、いつものやり方で師匠と間男《まおとこ》を消しちまえばいい。簡単なことだ」

「そんなことをすれば、大旦那だって馬鹿じゃない。倅が疑われるさ。倅とすれば、できれば病気かなんかで死んだように見せかけてほしいってのさ。それに、できれば、じわじわと師匠が苦しむのを見たいっていう、意地の悪い楽しみもあるんだろう」

「そもそも男の子が生まれるかどうかもわからねえのに、随分、大騒ぎするもんだな」

「これから一年近く、きりきりと胃の痛む思いをするってのかい？　おれなら嫌だね」

「そんな下らねえことのために、おれは藤一とかいう座頭に一年殺しを伝授させられるわけか」

「藤一だって？」

「知ってるのか」

「当たり前だろう。一番の腕っこきだぜ。ふうん、藤一さんが刺客かい。そりゃあ、よほどの大金を積まれたんだな。道理でなあ。わざわざ別当様が出張るなんておかしいと思ったんだ」

三

仕事をする気にならなかったので、三平と別れると、新一は真っ直ぐ裏店に戻った。どぶ板を踏み抜かないように注意しながら井戸端を通り過ぎると、

「座頭さん」

声をかけられた。

「ん？」

新一が立ち止まる。女の子の声だ。

「その声……。お春ちゃんかい？」

「うん」

お春は七歳だ。昨年、母を病で亡くし、数週間前には父の鉄蔵が堀に落ちて溺れ死んだ。十三歳の兄・鶴吉、それに十五歳の姉・お幸と三人で暮らしている。お幸は小間物屋に奉公していたが、鉄蔵の死をきっかけに暇を取り、今は水茶屋で働いている。

「何だか元気がないね」

「……」

「わたしでよかったら聞いてあげるよ」

「兄ちゃんがね」

「鶴吉さんが？」

「磯吉《いそきち》さんをただじゃおかねえっていうの。半殺しにしてやるって」

「おやおや、それは穏やかじゃないね」

「わたし、どうしよう……。そんなことになったら、兄ちゃんだって牢屋敷に連れて行かれるし、姉ちゃんだって、きっと悲しい思いをする」

お春の声が涙声になってくる。幼い頃から苦労を重ねているから大人びてはいるが、所詮は七つの子供である。どうしていいのかわからないのであろう。

「ね、座頭さん。兄ちゃんを止めてくれない？」

「いいとも。鶴吉さんに話を聞いてみよう」

「あ、兄ちゃん」

新一とお春が立ち話をしているところに、ちょうど鶴吉が帰ってきた。

「やあ、鶴吉さん。よかったら、一緒に晩飯でも食べないか」

「また何かお節介するつもりなんだろう」

「ま、そういうわけさ」

新一がこっくりとうなずく。

四

裏店の近くにある「きよ川」が新一の馴染みだ。文治とお陸の父子が二人で営む小さな縄暖簾である。

「お陸ちゃん、お春ちゃんと鶴吉さんに飯を食わせてやってもらえないか」

「座頭さんは、お酒ですか？」

「わたしも、とりあえず、飯だね」

「焼き魚と卵焼き、あとは煮物くらいですけど」

「それで結構だよ」

お陸に注文を出すと、

「いったい、どうしたんだね？」

新一が鶴吉に訊く。

「姉ちゃん、磯吉に騙《だま》されてるんだよ」

「お春ちゃんもそんなことを言ってたね。だけど、もうすぐお幸さんは、その磯吉さんと所帯を持つんじゃないのかい？」

「馬鹿馬鹿しい。自分の女房にしたい女を何だって水茶屋なんかで働かせるんだよ？」

鶴吉の話とは、こうであった。

磯吉というのは植木職人をしている二十歳の若者で、お幸とは、以前から好き合った仲であり、将来を誓い合っていたという。鉄蔵が亡くなった後、お幸が奉公先から暇を取ったので、てっきり磯吉と所帯を持つのだろうと鶴吉は思った。

ところが、お幸は水茶屋で働き始めた。

驚いた鶴吉が問い質《ただ》すと、

「磯吉さんのおっかさんの具合が悪くて薬代がかさむらしいの。おっかさんが元気になったら、すぐにでも所帯を持つ約束だから、それまでの辛抱なの」

小間物屋の給金など高が知れているし、少しでも多く稼ごうと思えば、こうするしかない。水茶屋といっても酔客の相手はするものの、売色するわけではないし、それに少しの間の辛抱だから、とお幸は説明した。それほど辛そうな様子ではなかった。

とりあえず、鶴吉も納得したのだが……。

「嘘だったんだ。磯吉の奴、姉ちゃんを騙しやがって……」

「どうして、騙されてると思うんだね?」

「おれ、見たのさ。磯吉が他の女と……」

ぎゅっと唇を噛む。

棒手振の仕事をしている最中、たまたま寄った家で植木仕事をしている磯吉を見かけた。下女に青物を売り渡した後、磯吉に挨拶しようと庭に回ると、磯吉の姿が見えない。母屋で物音がしたので、何気なく襖の向こうを覗《のぞ》くと、その家の女主人と磯吉が畳の上で縺《もつ》れ合っていたのだという。

「くそっ、姉ちゃんを騙しやがって。水茶屋なんかで働かせて金を巻き上げてるんだ。だけど、姉ちゃんは、すっかり磯吉に丸め込まれてるから、おれの言うことなんか聞きやしない。磯吉はクソ野郎だが、あんな男を信じてる姉ちゃんも馬鹿だ」

鶴吉の怒りは治まらないようだ。

五

裏店に戻り、

「何かの間違いってこともあるから早まったことをするんじゃないぞ」

もう一度、鶴吉に念を押して、新一は自分の部屋に向かった。

(鶴吉は血の気が多いからなあ……)

新一の説得など馬の耳に念仏だろうと思うのだ。

「ん？」

戸を開けようとして、新一の手がぴたりと止まった。部屋の中に誰かいる。匂いがするし、気配も感じる。だが、危険な感じではない。

そろりそろりと戸を開ける。

「やあ、勝手に入らせてもらったよ」

「ああ……」

藤一であった。

部屋の中は真っ暗だが、二人とも盲人だから不自由はない。

「茶でも飲みますか」

「いいや、結構だ。あんたが飲みたいのかね」

「いいえ」

「それなら本題に入ろうじゃないか。三平から詳しい話を訊いただろうね？」

「ええ」

「気に入らないのはわかる。しかし、検校様の命令だから仕方がない。一年殺しを伝授してもらうよ」

「昼に会ったばかりだというのに、随分と気の早いことですね」

「皮肉を言うな。元々、せっかちなのさ。それに、ちょいと急いでる」

「なぜです？」

「例の常磐津師匠だが、四日後に丹波屋に移ることになった。いくら男好きでも、しばらくはおとなしくするだろうから、そうなると、間男と一緒に片を付けるのは難しくなる」

「間男？　やるのは師匠だけなんでしょう」

「師匠と間男を、二人揃って冥土に送ってくれというのが若旦那の頼みだ。一年後にな」

「嫌な男だね」

「丹波屋の身代を考えれば意地も悪くなるさ」

「それじゃ、早速、やりますか？」

「頼むよ」

藤一がごろりと横になる。自分の体を使って殺人鍼を伝授してもらおうというのだ。

それから半刻（一時間）……。

「やっぱり、無理だな」

藤一が起き上がった。

「わかりにくいですか？」

「いやいや、あんたの説明はよくわかる。だが、こういうことは理屈じゃないからな。実地に試してみないことにはどうにもならんよ」

「そうですね」

新一自身、一年殺しを会得するまでに何度もしくじっている。藤一の言うことはよくわかる。

「また明日にでもやってみますか」

「無駄だよ。そもそも、こんな難しい業を二、三日で身に付けられるはずがない。あんたにやってもらうしかないな」

「え？」

「あんただって、そう思わなかったか？　わしが一年殺しを伝授してもらうより、最初からあんたが刺客になった方が簡単だし、確実だ」

「まあ、確かに……」

藤一の言う通りだ。回りくどいことをしなくても、直接、新一に依頼する方がいいに決まっている。

「たまたま、その常磐津師匠がわしの馴染み客だったという事情はあるが、だからといって、どうしてもわしが刺客になる必要もない。わしがあんたを手引きすればいいだけのことなんだから」

「……」

「察しがついたようだね？」

「わたしが生きてるうちに、わたしの業を盗もうという魂胆ですか」

「そういうことだ。大坂と江戸ではやり方も違うし、こっちの知らない業もたくさんあるらしい。江戸の座頭で一年殺しを会得してる者が何人いるかな」

「まあ、確かに、いろいろな業がありますがね」

新一が不機嫌そうに答える。

「気を悪くしたか？」

「当たり前でしょう」

「言っておくが、別にわしの考えじゃないよ。別当様の考えたことだ。そもそも、別当様がそんなことを考えたのも、あんたの命が長くないと判断したからでな」

「どういうことですか？」

「大坂の山村検校が刺客を送ったという噂があるそうだ。せいぜい用心するんだな」

「そんなはずはないでしょう。大坂とは、検校様が話をつけてくれたはずですよ」

「詳しいことは、わしも知らんよ。噂と言ったろう。だが、別当様が信じてるくらいだから根も葉もない噂とは思えないな」

「……」

「さて、行くか」

「どこに行くんですか？」

「師匠の家さ。下見をしておかないと仕事になるまい。普通は昼にやるんだろうが、こっちは盲人だ。昼も夜も関係ないのなら、暗いときに忍び込む方がいいだろうが」

六

「わかってるだろうが、ここから先は声を出すな」

「はい」

新一とて駆け出しではない。心得ている。

藤一が中庭に回る。頭の中で、このこぢんまりとした家の見取り図を思い描きながら、新一は微かな足音と気配、それに体臭を頼りに後をついていく。

「……」

藤一が黙ったまま新一の腕を叩く。四つん這《ば》いになり、家の床下に潜り込む。床下は埃《ほこり》っぽく、蜘蛛《くも》の巣が顔に引っ掛かる。それを払いながら進む。

（玄関先から母屋に沿って左に三十歩、植え込みの陰から床下に入る。真っ直ぐ進んで左に曲がり、すぐにまた右に曲がる……）

頭の中で反芻《はんすう》しながら、新一は藤一についていく。

やがて、藤一が止まった。じっとしている。

「……」

新一も息を殺し、じっと耳を澄ます。

すると頭の上から声が聞こえてきた。

「おいおい、またかよ。いい加減にしなよ」

「だって、あんた。もう何日かしたら、わたしは丹波屋に入るんだよ。そうしたら、なかなか会えなくなっちまう」

「今のうちに楽しもうってわけか」

「息の詰まるような生活をして、好きでもないじいさんと寝ることになるんだもの。それを我慢する、こっちの身にもなっておくれよ」

「わかった、わかった。一年ばかりの辛抱だ。子供さえ生まれれば、こっちのもんだ。大旦那だっていい年齢だし、そう長生きはするまい」

「一年は長いよ。長すぎる。とても自信がないよ」

「なあに、ひと月もすれば、好きなように外歩きだってできるようになる。どこかの出会い茶屋で落ち合えばいい、一年じゃなく、ひと月の辛抱だよ」

「やっぱり、気が重いよ。いくら金のためでもね」

「金のためじゃなく、おれのためだと思えばいい」

「うまいことばかり……。他の女にも同じことを言うんだろう？」

「おれが本気で好きなのは、あんただけさ」

「年上だよ。もう薹《とう》が立ってるんだから」

「構うもんか。青臭い小娘なんかとは比べられやしねえ。おれにとっては天女さまだ」

「あんたって人は、ほんとに上手なんだから」

「好きなのさ」

睦言《むつごと》に続いて、妖《あや》しい息遣いと吐息が洩れ聞こえてきた。

藤一が新一を肘《ひじ》でつつく。帰る、というのだ。

七

翌朝……。

新一が眠っていると、

「座頭さん、座頭さん！」

悲鳴のような声を発しながら、お春が部屋に飛び込んできた。

「ううーん、お春ちゃんか、こんなに朝早くからどうしたんだね？」

欠伸《あくび》をしながら、新一が体を起こす。

「兄ちゃんが、やっぱり、磯吉さんを許せねえと、出刃を持って、ついさっき……」

「何だと」

はっきり目が覚めた。

「鶴吉め、馬鹿な奴だ」

「どうしよう」

「お幸さんは？」

「ゆうべ、帰ってこなかった」

「くそっ、仕方がないな。お春ちゃん、鶴吉さんの行き先を知っているかい？」

「兄ちゃんと姉ちゃんが言い争いをしたときに、『おれの言うことが嘘だと思うなら、住吉町の文字貴《もじたか》を訪ねてみろ』と兄ちゃんが言ってました」

「住吉町の文字貴だと？」

「どうしたんですか？」

「いや、いいんだ。それより急ごうじゃないか」

八

「朝っぱらから仕事場に押しかけるとは、いったい、何の真似だ、鶴吉」

「自分の胸に手を当てて訊いてみろ」

「さあ、何のことだか、さっぱりわからねえな」

「姉ちゃんを騙して小間物屋から暇を取らせ、水茶屋なんかで働かせやがって」

「おまえには関わりのない話だ。そもそも、お幸の方から、おれの役に立ちたいと言い出したんだ。こっちが頼んだわけじゃねえ。おれに夢中なんだよ」

「姉ちゃんの稼いだ金で遊び呆《ほう》けて、自分は得意先の女と乳繰り合うってわけか」

「何だと、この野郎」

　磯吉の顔色が変わる。

「ふざけたことを言うと、ただじゃおかねえぞ」

「こっちの台詞だ」

鶴吉が懐から出刃を取り出す。

「このガキ！　やれるもんなら、やってみろ」

二人が揉み合っているところに、

「おいおい、往来で何をしてるんだ。お役人が来るぞ。やめなさい」

新一が仲裁に入って、二人を引き離す。

「おう、役人を呼べ。こいつがいきなり出刃で襲いかかってきたんだ」

磯吉も興奮している。

「まあまあ、落ち着いて下さいな。鶴吉さん、お春ちゃんが泣いてるじゃないか。お父っつあんもおっかさんも亡くなって、あんただけが頼りなんだから、しっかりしなさい。人なんか殺したら、牢屋敷にぶち込まれて、軽くて遠島、重ければ死罪だ。お春ちゃんは誰を頼りにすればいい？」

「だったら、あんたが殺ってくれ」

「は？」

「邪魔ばかりしやがって。それなら、あんたが磯吉を始末してくれよ」

鶴吉は、新一が凄腕の殺し屋だと知っているのだ。

「くそっ！」

出刃を放り出して、鶴吉が走り去る。その出刃を拾い上げ、手拭いで包んで懐にしまいながら、

「勘弁してやって下さい。お幸さんのことを心配してるだけなんです」

「あんた、誰だ？」

「同じ裏店に住む、しがない座頭です。お春ちゃんに頼まれて、つい出しゃばった真似をしてしまいまして。気に障ったら、どうか勘弁して下さいまし」

「……」

磯吉は、傍らでしゃくり上げているお春をちらりと見遣《みや》ると、ちっと舌打ちし、

「二度とふざけた真似をするなと言い聞かせろ」

と吐き捨てて、その家の庭に入っていった。これから植木の手入れを始めるのであろう。

新一が溜息をついたとき、家の中から三味線の音色が聞こえてきた。続いて、常磐津節の声だ。師匠が手習いでもしているのであろう。住吉町の文字貴とお春に言われたとき、新一はピンときた。常磐津の師匠というのは「文字なにがし」と名乗るのが通例なのだ。

それでも、心のどこかで、

（まさか、そんなはずは……）

という気持ちがあった。

しかし、鶴吉と言い争う磯吉の声を聞いて、思い過ごしなどではないことがわかった。磯吉の声は、昨夜、この家の床下に潜り込んだときに聞こえた睦言の声と同じであった。

新一が呆然としていると、

「あ、姉ちゃん」

お春が声を上げた。

「え」

「あそこに姉ちゃんが……」

「お幸さんが？」

どうやら、物陰にでも身を潜めて、お幸も様子を見ていたらしい。鶴吉の後をつけたのか、それとも、磯吉の後をつけたのか、それは新一にはわからない。

九

「お節介を焼くつもりはないんですが……」

「とんでもない。いつも、お春が面倒を見てもらってありがたく思ってます。わたしが身売りされそうになったときも、座頭さんが助けて下さったと鶴吉から聞かされています」

お幸が丁寧に頭を下げる。水茶屋で働いている割には、それほどすれた様子はない。

「わたしがしっかりしなければいけないんですが、駄目な姉ですから、お春や鶴吉にも心配ばかりさせてしまって……」

伊勢町堀に面した草むらで、お春は饅頭を頬張っている。少し離れたところに、お幸と新一が並んで腰掛けているのである。

「磯吉さんですが、本当にお幸さんを幸せにしてくれる人なんでしょうか」

「……」

「どうやら、あそこの常磐津師匠ともただならぬ仲のようですしね」

「知ってます」

お幸が溜息をつく。

「文字貴さんだけじゃないんです。すぐ浮気するんです。磯吉さんが悪いわけじゃなくて、女の方から寄ってくるんですよ。背丈もあって、すらりとして見栄えがいいし、気っ風《きっぷ》もいいから」

「いいんですか、それで？　あの人と所帯を持つつもりなんでしょう」

「わたし、これといって取り柄もないし、顔だって十人並みだし。だけど、磯吉さん、わたしのこと好きだって言ってくれたんです。おれは顔なんかどうでもいい、おまえの中身に惚れたんだって。すごく嬉しかった。あの人のためなら、死んでもいいと思うくらいです。何でもできるんです」

「水茶屋勤めも苦じゃないわけですか」

「磯吉さんのためですから」

「本当に好きな男なら、自分だけで独り占めしたいと思うものじゃないんですか？」

「だって、無理だから。あの人って……」

お幸が耳朶《みみたぶ》まで真っ赤になって言うには、磯吉というのは美男子というだけでなく、精力も絶倫なのだという。お幸一人の肉体では、とても満足できるはずもなく、だから、すぐに浮気もする。

「そのうちに治まると思うんです。そういうもんでしょう？　若いうちはそうでも、三十、四十になれば、自然にそういうこともなくなって……」

「お幸さんとしては、末永く連れ添いたいから、それまで辛抱強く待つ、そういうことですか？」

「はい」

お幸がしっかりとうなずく。

（なるほど、お幸さんは磯吉のことが本当に好きなんだな。自分の命よりも大切に思っているらしい。しかし、そうなると厄介だな……）
二、三日中に、磯吉は一年殺しの鍼を打たれることになっているのだ。その殺人鍼を打つのは、他ならぬ新一なのである。

十

「おい、座頭さん。頼めるかね」

背後から声をかけられる。

「へいへい、ありがとうございます」

愛想よく挨拶する。

しばらく歩いて周囲に人気がなくなってから、

「おい、三平、何の用だ？」

低い声音で訊く。

「藤一さんからの伝言だ。あの常磐津師匠、今夜、やるらしいぜ」

「それはまた急だな」

「そのへんの事情は藤一さんに訊いてくれ。おれは使い走りさ。四つ（午後十時頃）には、あの場所にいてくれって。あの場所って、わかるかい？」

「ああ、大丈夫だ」

新一はうなずいた。

四つともなれば、町木戸も閉まる。往来から人通りが絶えてしまう時刻だ。たまに聞こえるのは野良犬の遠吠えと夜回りが拍子木を打つ音くらいである。

住吉町にある常磐津師匠・文字貴の表店《おもてだな》の前に立った新一は、そのまま中庭に回ると植え込みの陰から床下に潜り込んだ。どのように進めば文字貴の寝所に行くことができるか、すっかり新一の頭の中に入っている。濡れた手拭いを口に当てているのは埃や蜘蛛の巣を吸い込んで咳《せ》き込んだりしないようにするためだ。このあたりの抜かりはない。

やがて……。

「ふうむ、随分と凝っているようですね」

頭の上から藤一の声が聞こえてきた。

「このところ、ちょっと疲れ気味でね」

「無理をなさっちゃいけませんよ。お腹の子に障りますから」

「ああ、そこが気持ちいいわ」

「疲れが溜まってますね」

「やっぱり、藤一さんじゃないと駄目ね。藤一さんに揉んでもらうと疲れが消えるような気がする」

「ありがとうございます」

「丹波屋に行っても、藤一さんに頼みたいわ。少し遠くなるけど来てくれる？」

「喜んで参りますとも。これからも贔屓《ひいき》にして下さいまし」

「だって、本当に気持ちいいもの……」

新一が息を殺して耳を澄ましていると、そのうちに二人の会話が途絶え、静かな寝息が聞こえてきた。どうやら文字貴が眠ってしまったらしい。

床が叩かれる。藤一からの合図だ。

畳が持ち上げられる。

「ほら、急ぎな。ま、師匠はよく眠ってるから滅多なことでは目を覚まさないだろうが、向こうの部屋に小女がいる。気付かれると面倒だ」

「眠り鍼ですか？」

「按摩をしながら、こっそり首根っ子に打ったのさ。それくらいなら、わしにもできる」

「それでは早速始めますか」

新一が懐から道具を取り出した。

「ちょっといいか」

「どうぞ」

「ふうむ、変わった鍼だな……」

新一の道具を両手で撫で回しながら、藤一が盛んに首を捻る。鍼灸に用いる鍼は、普通、一寸くらいの長さだ。大鍼や長鍼でも一寸半ほどに過ぎない。新一の大鍼も一寸半くらいの長さだが、鍼柄を捻ると長さが二倍になる仕掛けだ。これほどの長さの鍼を一般の鍼灸に用いることはない。

「長いな」

「当たり前の鍼では、一年殺しの経穴に届きませんから」

「なるほど、体の奥深くまで突き通すってことか」

藤一が納得したようにうなずく。

「場所は？」

「ここです」

肝臓のすぐ後ろである。新一は、藤一の指をつかみ、その場所に押し当てさせた。

「二寸半ほど打ち込みます。浅くても深くてもいけません。深すぎると余計なところを傷つけて血が止まらなくなり、一年どころか次の日には、あの世へ逝くことになります。浅すぎると経穴に届きません。すーっと押していって、指先が押し返されるような手応えを感じたら、すぐに戻します」

「ふむふむ」

「やってみますか？」

「いいのか」

「どうぞ。こういうことは、実際にやってみないと感じがつかめませんから」

「さてさて、うまくいくかどうか……」

藤一が慎重な手つきで大鍼を文字貴の柔肌《やわはだ》に打ち込んでいく。鍼の頭を人差し指の先でとんとんとんと軽く叩くのだ。

この経穴に鍼を打つと、肝臓に向かう血管に血行障害を起こし、肝臓とその周辺の臓器をじわりじわりと腐らせていく。肝機能が低下して死に至るのが、ちょうど鍼を打ってから一年後と言われている。だから、「一年殺し」なのである。

「む」

手応えを感じたらしい。

「わかりましたか？」

「たぶん」

「ちょっと失礼します」

藤一の打った大鍼を、今度は新一が軽く叩く。

が、すぐにやめてしまう。

「どうだ？」

「お見事です」

「そうか」

藤一が、ふーっと大きく息を吐く。顔には汗の玉が噴き出している。よほど緊張していたのに違いない。

「本当なら、この場で師匠と間男の二人を同時に片を付けるはずだったが、丹波屋入りが早まったために、そうもいかなくなった。間男は、わしが何とかする。手間をかけたな」

「あ、そのことですが」

「何だ？」

「その男の始末、わたしに任せてくれませんか」

「どういうことだ？」

「少しばかり因縁めいた話がありまして……」

新一は、藤一に事情を説明した。

「ふうむ……」

「お願いできませんか」

「いいだろう。これだけの業を教えてもらったんだから、それなりの礼をしなければな。別当様には、わしが話しておく。心配するな」

「ありがとうございます」

「ひとつ忠告させてくれ」

「はい」

「あんたはいい腕をしているが、ちょっとばかり気持ちに優しいところがあるようだ。訊いた話では、大坂で山村検校と揉めたのも、その人のよさのせいらしいじゃないか」

「馬鹿な男なんです」

「この世界で長く生き続けるには優しさは邪魔なだけだ。時には命取りになるぞ」

「その忠告、肝に銘《めい》じておきましょう」

十一

翌日の日暮れどき……。

「お、磯吉が来たぜ」

「人目は？」

「大丈夫だ」

「よし」

新一が杖を頼りに歩き出す。その横を三平が歩く。

流しの座頭を家に案内するという格好だ。

反対側から仕事帰りの磯吉がのんびりとした顔つきで歩いてくる。何か思い出し笑いでもしているのか、顔がにやついている。

すれ違いざま、

「お晩でございます」

新一が声をかけると、磯吉が「ん?」という顔で足を止める。次の瞬間、磯吉の首筋に太鉞が深々と突き刺さっている。磯吉が白目を剝き出し、体が膝から崩れ落ちる。

それを三平が、

「何だよ、もう酔っちまったのかよ。しっかりしなって。夜はこれからだぜ」

わざとらしく大きな声を発しながら支える。

「さ、あっちだ」

新一がそそくさと歩き出す。三人がひとかたまりになって歩いていくうちに次第にあたりが暗くなってきた。


草むらの中に磯吉を寝かせると、新一が道具を取り出す。

「殺すのかい?」

「いいや、殺さない」

「そうだよな。殺すなら、こんな面倒なことをしなくたっていいものなあ」

「この男の下帯を外してくれ」

「え、下帯を? 何で」

「いいから、やれ」

「はいはい」

三平が磯吉の裾をまくり上げ、白い下帯を外す。

「こんな女誑《たら》しの小悪党、ひと思いに地獄に送ってもいいんだが、生憎と、この男を一途《いちず》に慕っている娘もいる。それに免じて、命だけは助けるが、その代わり、半分だけ男でなくしてやる」

「半分だけって、どういう意味だい？」

「ふぐりのひとつを使えなくする」

「えーっ、そんなことができるのかよ」

三平は疑わしそうだ。

「一年殺しに比べたら、ずっと簡単だ。こいつの道具を使い物にならなくすることだってできるが、それをすると、まるっきり女を抱けなくなるから、子供も作れなくなる。だから、ひとつだけ駄目にする。子供は作れるだろうが、女を抱けるのは、せいぜい十日に一度くらいだろう」

「ふうん、いろいろな業があるもんだねえ」

「ほら、済んだ」

三平が感心しているうちに、新一は鍼を打ち終わった。

「もう一遍、下帯を締めてやってくれ」

「他人の下帯を締めるのは愉快じゃねえなあ」

「そのために手間賃を弾んだんだよ」

「わかった、わかった」

渋々といった様子で、三平が磯吉の下帯を締める。

「あと四半刻（三十分）もすれば、勝手に目が覚めるだろう」

「狐《きつね》か狸《たぬき》にでも化かされて、こんなところで寝ていたと思うかね」

「さあな、好きなように考えればいいいさ」

新一が肩をすくめる。

十二

数日後……。

新一が稼ぎに出かけようと部屋を出ると、

「あ、座頭さん」

「お春ちゃんか」

「これから仕事ですか？」

「そうだよ」

「わたしたち、これから『きよ川』に行くの。磯吉さんが奢ってくれるんだって。ね、お姉ちゃん」

「いろいろとお世話になりました」

お幸が新一に礼を言う。

「わたしは何もしてませんよ。でも、よかったですねえ。何だか、楽しそうで」

「ええ。憑《つ》き物でも落ちたように人が変わってしまって……。いい意味でなんですけど」

「よかったじゃないですか。いい人になって悪いことはない」

「そうですね」

「早く行こうよ」

「うん」

裏店の木戸を潜ったところで、新一は姉妹と別れた。てくてくと歩いていくと、

「座頭さん」

また声をかけられた。

「鶴吉さんだね。仕事帰りかい？」

「そんなところだ」

「お幸さんとお春ちゃんは『きよ川』に行ったよ」

「知ってる」

「行かないのか？」

「ふんっ、磯吉の奢りなんかで飯が食えるかよ」

鶴吉が吐き捨てるように言う。

新一がまた歩き出す。

その横を、肩を並べて鶴吉が歩く。

「すっかりいい人になったんだと、お幸さんは嬉しそうだったよ」

「よくわからないけど、女遊びができなくなったらしい。それで常磐津師匠とも大喧嘩したらしいね」

「ほう」

「惚《とぼ》けるなよ。あんたがやったんだろう？」

「何を？」

「あんたなら、磯吉なんか簡単に殺すことができるはずだ。でも、殺さなかった。殺さずに何かしたに違いない。だから、磯吉がおかしくなった」

「おかしくなったんじゃなくて、心を入れ替えただけでしょうよ」

「あんな屑《くず》みたいな野郎が心を入れ替えるもんか。今は女に不自由してるから姉ちゃんに優しくしてるだけさ。そのうちに、また元に戻るって」

「さあ、それはどうかねえ」

新一が含み笑いをする。

「頼みがあるんだ」

鶴吉の声が真剣味を帯びる。

「頼み？」

「おれ、あんたみたいになりたいんだよ」

「わたしみたいって……。どういうことかな？」

「殺し屋になりたいってことさ」

周囲に人影はないが、自然と鶴吉の声は低くなる。

「なぜ、殺し屋なんかになりたいんだ？」

「前に小耳に挟んだことがあるんだ。江戸には大金で殺しを請け負う闇の商売があって、一度の仕事で何十両も稼ぐことができるって。金が欲しいんだ」

「ふんっ、金か……」

新一が鼻で笑う。

ぴたりと立ち止まり、自分の顔をぐいっと鶴吉に近づける。

「おい、この顔を見てみろ。生まれつき、こんな顔だったと思うか？　いいや、違う。昔は、磯吉にも負けないような色男だったのさ。ところが、仲間に裏切られて、このざまだ。

体中を膾《なます》のように切り刻まれて、その揚げ句、火事に巻き込まれて大火傷、それでこんな顔になった。その上、殺し屋になることを承知しないと獄門にさらすと脅されて、渋々、承知したら、何をされたと思う？　目を潰されたんだ。そうなんだよ、わたしが盲人になったのは、ほんの十年前くらいなんだ。それまでは、ちゃんと物が見えてたのさ」

「……」

鶴吉は驚いたような顔で新一を凝視するだけだ。

「金が欲しいだと？　なるほど、殺しを請け負えば、小判が手に入る。棒手振をしていたんじゃ一生かかっても拝むことのできないような大金を稼ぐことができる。けどな、それは生きていればの話だぜ。金ってのは、生きてるから使うことができる。死んだら何の役にも立たない。人を殺めるってのは大変なことだ。相手だっておとなしく殺されるわけじゃない。死に物狂いで生きようとする。こっちが返り討ちにされることだって、少しも珍しくない。しかも、お縄になれば、間違いなく獄門だぜ」

「……」

「それだけじゃない。何か不始末をしでかせば、今度は仲間に命を狙われることになる。膾のように切り刻まれ、大火傷を負ったものの、最初のときは何とか助かった。二度目も何とか助かった。しかし、終わっちゃいない。今でも執拗《しつよう》に命を狙われている。おれはな、鶴吉、この十年、まともに眠ったことがないんだ。風の音や床板が軋むたびに飛び起きてドスを手に取る。酒に酔ったことだってない。酒を飲まないわけじゃないが、いくら飲んでも酔えないんだよ。酔ったところを襲われたら、ひとたまりもないからな。女を抱くことだって、できやしない。そんなところを襲われたら、どうするんだ？」

「……」

「金はある。だが、使い道はない。酒も女も駄目なんだから、いったい、何に使うんだ？　家族だっていない。もし家族なんか持てば、おれと一緒に刺客に命を狙われることになるからな。だから、友達だっていない。いつだって一人なんだ」

「何の楽しみもないってのかい？　金はたくさんあるのに」

「ないね、楽しみなんか」

「それじゃ何のために生きてるかわからないじゃないか」

「いいや、それはわかってる。おれはな、死ぬために生きてる。いくら逃げ回っても、いつかは殺られる。その日が来るのを楽しみに待ってるわけじゃないが、その日が来るまでは何とか生きていようと思ってるんだ。つまりな、地獄に向かって、毎日を生きてるってわけさ」

「そ、そんなの、おかしいぜ。あんたの言ってることは変だよ」

「おれも、そう思う。けどな、これは理屈じゃないんだ。人間ってのはな、死に時《どき》と死に場所を間違えると、いくら死にたくても死ねないものなんだ。おれは本当なら十年前に死ぬはずだった。それが、おれにとっても幸せだったはずだ。なのに、死に損ねて、今でも生きてるってわけさ。何で生きてるのか、自分でもよくわからないんだがね」

「……」

「殺し屋になるのもいいだろう。だが、よく考えるんだな。一旦、この世界に足を踏み込んだら、二度と足抜けはできない定めだ。もし足抜けしようとすれば……」

「どうなるんだい？」

「おれのようになるのさ」

新一はゆっくりと歩き出す。

もう鶴吉は、その後についていこうとはしなかった。真一文字に口を引き結んだまま、じっと新一の背中を見送った。

後家狂《ごけぐる》い

一

「座頭さん。ちょいと頼めるかね」

「申し訳ございません。今夜は仕舞いにしたところでして……」

「へへへっ、そんなに畏まらなくても周りには誰もいないぜ」

「ふんっ、三平か。何の用だ」

「決まってるだろう。仕事を頼みたいのさ。もっとも、按摩なんかより、ずっと金になる仕事だぜ」

「前置きが長いんだよ、さっさと……」

新一が立ち止まる。眉間《みけん》に小皺《こじわ》が寄る。

「今度の相手ってのは……」

「黙れ」

新一が三平の口を押さえる。声を押し殺し、

「おまえ、腕っ節に自信はあるか？」

「まるで駄目だね」

「それなら逃げろ。立ち止まったりするなよ」

「何だよ、いきなり……。うわっ」

新一が三平を突き飛ばす。暗がりから突進してきた浪人者が太刀を一閃させるのと、新一が尻餅をついたのが、ほとんど同時だった。その場に突っ立っていたら、今頃、新一の命はない。

「逃げろ！」

「ひぇっ」

三平が脱兎《だっと》の如く走り出す。逃げ足は速い。新一の身を案じて振り返るようなこともなく、裾をからげて一目散に逃げた。

「人違いじゃございませんか」

「……」

「わたしは、ただの揉み座頭でございますが」

時間稼ぎをしながら、新一がゆっくり立ち上がる。尻餅をついた拍子に手から塗木玉杖

を離してしまい、どこにあるかわからない。

内心の動揺を必死に抑えながら、素早く懐から義甲を取り出して、親指、人差し指、中指の三本の指に嵌めた。大坂から刺客が放たれたらしい、という噂話を藤一に聞かされてから、用心のために義甲を持ち歩くようにしたのだが、それが役に立った。

「……」

「……」

どちらも口を利かない。

だが、新一は相手の体から発散される強烈な殺気を肌で感じている。

（来る）

殺気が迫るのを感じる。新一は、中指と人差し指を揃えて真っ直ぐ伸ばし、それに親指を添えた。義甲で敵を攻撃するときの形である。

新一は息を止めた。敵の攻撃から身を守るつもりはない。そんなことをしても無駄なのだ。凄腕の剣客と戦い続けることなどできるものではない。一瞬で決着をつけなければならない。相手の太刀が速いか、それとも、新一の攻撃が速いか、ただ、それだけのことである。

びゅっ、と太刀が振り下ろされる。その太刀筋をかわそうとせず、逆に新一は相手の懐に踏み込む。

第一撃。敵の喉仏を潰す。続けざまに第二撃で敵の眼球を叩き潰す。第三撃で人中《じんちゅう》を砕く。これは、鼻と唇の間にある急所だ。敵がどさりと地面に倒れる。もう死人である。

止めていた息を吐き出す。

肩口に鋭い痛みを感じた。

どうやら新一も無傷では済まなかったらしい。

二

腰高障子に手をかけた新一の手がぴたりと止まる。

(誰かいる……)

部屋の中に人の気配がある。ただ殺気は感じられない。新一が腰高障子を開ける。

「わしだ。留守だったから、勝手に入らせてもらった」

「藤一さんか」

「血の匂いがするな。殺ったのか?」

「ええ」

土間の片隅に水甕がある。紫の小袖を脱ぎ、手拭いを水に浸して返り血を拭い取る。

「やられたのか?」

「命があるだけで拾いものですよ」

「そんなに腕の立つ相手だったか。わざわざ大坂から送り込まれただけのことはあるな」

「大坂から？」

「辻斬りに遭ったとでも思ったのかね？」

「……」

「どれ、怪我《けが》の具合を見てやろう。医の心得も少しはあるのでな」

「お願いします」

　上がり框に腰を下ろすと、藤一が背後から傷口に触れる。

「ふうむ、幸い、骨には達していない。脂薬を塗って、傷を縫い合わせておけば心配なかろう。酒はあるか？」

「焼酎《しょうちゅう》ですが」

「それでいい。酒で傷口を洗っておかないと腐ってしまう。命取りになるからな」

　藤一は、早速、縫合を始めた。

「さっきの話ですが……」

「あんたには『一年殺し』を伝授してもらった恩があるから、その恩返しのつもりで、大坂が刺客を送ったことを知らせに来た。以前、そんな噂があると話したはずだが、どうやら噂では済まなかったらしい。大坂が刺客を送ってきたのは間違いないようだ」

「そうですか」

新一が溜息をつく。

「今夜は命があってよかった。次は、もっと用心することだ」

「次もあるんですか？」

「刺客は一人ではないようだな。これまでに何度もしくじっているから、今度こそはと意気込んでいるのかもしれない。噂では、山村検校が病で伏せっているらしい」

「山村検校が？」

大坂の暗黒社会の大立て者であり、新一の命を執拗に狙っている張本人である。

「それで大坂も焦っているのかもしれない。逆に言えば、山村検校が死ぬまで生き延びることができれば大坂も諦めるかもしれないということだな」

三

藤一と新一は、二人揃って裏店を出て、木戸口を出たところで別れた。

「おかげで助かりました」

「命を大切にな」

新一は「きよ川」に足を向けた。さすがに今夜は自分で飯の支度をする気にはなれなかった。

縄暖簾を潜ると、「いらっしゃいまし」というお陸の声が迎えた。

店に入っても客の話し声も聞こえないし、何の気配も感じられないから、

（暇なのかな……）

と、新一は怪訝《けげん》に思った。小さな店だが、暮れ六つから一刻（二時間）くらいは客足が途切れることなく忙しい店なのだ。客が入ってくると、お陸と文治が大きな声で迎えてくれる。お陸に酒と肴を注文してから、

「今夜は文治さんはいないのかい？」

「いますよ、板場に。しょぼくれちまって使い物にならないんですよ」

「何かあったのかい？」

「本人に訊いて下さいよ。ご迷惑でなかったら」

「わたしは構わないけどね」

「いいんですか？」

「うん」

やがて、板場から、

「ほら、お父っつあん、座頭さんが相談に乗ってくれるってよ。そんなところで溜息ばかりついてないで、話を聞いてもらいなさいよ」

というお陸の尖《とが》った声が聞こえた。

やがて、文治が小卓の向こう側に坐った。

「いったい、どうなさったんですか?」

目は見えないものの、文治がひどく落ち込んでいる気配を察することはできた。

「情けない話ですが、聞いてもらえますか」

「ええ」

「実は……」

沈んだ声で文治が話し始める。

こんな話である。


三日ほど前、市場で仕入れをした帰り、道端でしゃがみ込んでいる女を見付けたのだという。

「どうしなすった、具合でも悪いのかね?」

文治が声をかけると、その女が顔を上げた。

(あ)

思わず息を飲むほど美しい女だったという。

後から知ったが、女の名前は、八重《やえ》という。

二十代半ばくらいの年増《としま》だが、とにかく、文治が瞬きするのを忘れるほどに美しく、

「それがもう、何というか、額に汗の玉を浮かせて、苦しげに顔を歪《ゆが》めているのが、これまた、この世のものとも思われぬほどにきれいでしてなあ……」

と、文治はうっとりした声で新一に語った。

で、その八重だが……。

突然の差し込みに襲われて身動きすることもままならなくなってしまったらしく、

「それはいけない。駕籠を探しましょう」

「いいえ。うちは、すぐ近くでございますから。あの……もし、ご迷惑でなければ、手を貸していただけませんでしょうか」

文治に否応はない。八重に肩を貸し、うちまで連れて行ってやった。表通りからは少しばかり引っ込んでいるが、こぢんまりとしたきれいな家だったという。小女の手を借りて八重を奥に運んで寝かせたところに、二十歳を二つ三つ越えたくらいの年格好の若者が訪ねてきた。若者は市之助《いちのすけ》と名乗った。八重の弟だという。

「それじゃ、わたしは、これで……」

文治が帰ろうとすると、

「姉の窮状を救って下さった御方をこのままお帰しするわけには参りません」

せめて、お茶でも飲んでいって下さい、と市之助が執拗に勧めるので、文治もついその

気になった。茶を飲みながら、市之助と文治が話していると、八重が現れた。もう顔色もよくなっている。外歩きをすると、たまに差し込みが起こることがありまして……目を伏せて八重が語った。別段、深刻なものではなく、しばらく横になっていると治まるのだという。改めて、きちんとお礼をしたいと八重が言うので、その次の夜、文治は、もう一度、その家を訪ねることになった。

その席で、文治は姉弟の身の上話を聞いた。

八重は、大身《たいしん》ではないものの歴《れっき》とした旗本の奥方だったのだという。といっても、元々は商家の生まれである。この時代には、生活に窮した旗本や御家人が持参金目当てで身分違いの妻《めと》を娶るというのは決して珍しいことではない。

ところが、二年前、夫が急死した。子供がいなかったので、夫の死を伏せたまま親類から養子を迎え、何とか改易《かいえき》は免れた。八重は養子の義母として屋敷に残るのが筋というものだったが、養子の両親が用人《ようにん》という立場で乗り込んできて、とうとう八重を追い出してしまった。

かといって、旗本の妻であった者が、今更、実家に戻るのも世間体が悪いというので借家住まいをすることになった。

運の悪いことは続くもので、八重が旗本屋敷を追い出されて三月《みつき》も経たないうちに父親が倒れ、寝たきりになってしまった。まだ修業中だった市之助が店を切り回すことになったものの、市之助は商才に恵まれていなかったらしく、商売はどんどん左前になった。その煽《あお》りを受けて、八重もこの二年で二度も引っ越す羽目になった。引っ越すたびに家は小さくなり、雇い人の数も減った。今では小女が一人いるだけという有様である。

そんな話を文治は聞かされ、今また新一に聞かせたというわけであった。


「ほう、旗本の奥方ですか……」

「ええ。さすがに何とも言えない気品がありましてねえ……」

「馬鹿馬鹿しい」

木卓に酒と肴を並べながら、お陸が顔を顰める。

「元はと言えば、たかが木綿問屋の娘じゃないか。後家狂いも大概にしてちょうだいな」

「後家狂いねえ」

手酌で酒を注ぎながら、新一がつぶやく。

十五年前に妻に先立たれてから、文治は男手ひとつでお陸を育て、これまで浮いた噂ひとつなかった。四十路《よそじ》も半ばを過ぎて、美しい後家にのめり込んだ文治を新一は笑う気にはなれなかった。

「もう頭に血が上って普通じゃないんですよ。まったく自分の年齢《とし》を考えて、そのしなびた面を鏡でじっくり眺めろと言いたいわ」

「何を言いやがる。わしには別に下心なんかねえ」

「下心もなくて三十両も持ち出すなんて。お父っつあん一人で稼いだお金でもないのに」

「何ですか、その三十両っていうのは？」

「弟さんの商売がうまくいかないらしくて、資金繰りが大変らしいんです。それで、お父っつあんたら……」

「貸したんですか？」

「ああいう商売は掛け売りがほとんどですから、普段は、あまり金がないものなんですよ。急場しのぎに貸しただけなんです。きちんと証文だっていただいてますしね。それを、こいつときたら、騙されてるんだなんて言いやがって……」

「わたしだけじゃないでしょう。辻占《つじうら》でだって、そう言われたじゃないの」

「辻占とは？」

「わたしの言うことに耳を貸してくれないから、辻占に見てもらったんですよ。そうしたら、案の定……」

「ふんっ、あんなへぼ易者に何がわかる」

「気にしてるくせに」

「何て言われたんですか？」

「不幸に取り憑かれているって。心身を清めて身持ちを改めなさいって言われたんです」

「それは気になりますね」

「お父っつあんだって、口では強がってるけど、ひょっとしたら騙されてるのかもしれないと思ってるから、しょぼくれた顔で落ち込んでるんですよ。そうだ、座頭さんに会ってもらったら？」

「座頭さんに？」

「後家さんの色香に惑わされて目が曇っているお父っつあんにはわからないかもしれないけど、かえって目の見えない座頭さんには後家さんの正体が見えるかもしれないわよ。ね、お願いできませんか？」

「はあ……」

あまり気乗りはしなかったが、ここまで詳しい事情を聞いてしまっては断ることもできなかった。新一は八重に会うことになった。

四

翌日の夕方、新一は文治に案内されて八重を訪ねた。

出歩くと、よく差し込みを起こすという話を種に、

「わたしが懇意にしている腕のいい座頭さんを連れてきました」

と、文治が八重に鍼灸治療を勧めたのである。

「とりあえず、按摩をさせていただいて、どこか悪いところがないか探ってみましょう」

新一は八重の体を丁寧に揉みほぐし始めた。

（ほう、これは……）

新一は、八重という女に感心してしまった。目は見えないが、だからこそ、それ以外の五感が研ぎ澄まされているのが盲人というものだ。うわべの美しさに惑わされたりしない分だけ、相手の本質を鋭く見抜く力が備わっている。八重の声の柔らかさ、そのかぐわしい吐息、落ち着いて品のある物腰や佇まいを感じ取ると、

（なるほど、これで見た目が人並み以上だというのなら、大抵の男は心胆を溶かされてしまうだろう）

文治の後家狂いもわかる気がした。

ただ、新一にとって意外だったのは、二年前に夫に死に別れたにしては、

（この女、男断ちはしてないな）

ということであった。人間の体には様々なツボがある。それを経穴という。無数の経穴の中には快感を刺激する経穴もあって、それは男女の交わりを長く断つと錆《さ》び付いてしまうものだが、八重の体はそういう経穴に敏感に反応した。

それだけで文治が騙されているとは判断できなかったが、少なくとも、

（どうやら男がいるようだ）

ということだけは新一にもわかった。

五

「どうですかね？　わたし、騙されてるんでしょうか」

八重の家を出ると、文治が訊く。

二人で並んで歩きながら、

「うーん、按摩しただけですから、何とも言えませんけどねえ。ただ文治さんが熱を上げるのも無理はないという気はしましたよ」

「やっぱり。わかりますか？」

「男だったら、誰でも夢中になるでしょうね」

「お陸のような小娘にはわからないことですよ。もちろん、わたしのようなしがない縄暖簾の親父風情が旗本の奥方だったような人に本気で懸想《けそう》するはずもなく、ただ、成り行きで身の上話まで聞かされて、ついつい同情して金を貸したというだけのことでしてね。下心なんかないんですから」

「三十両を用立てたという話でしたね？」

「ええ」

「それだけですか？」

「な、なぜ、そんなことを？」

「正直に聞かせて下さい」

「実は……」

八重の弟・市之助に貸したのは三十両ではなく、五十両なのだと文治は白状した。最初は三十両だったのだが、その後も十両ずつ、二度に分けて貸したのだという。

「どうか、このことはお陸には内緒に……」

「わかってますよ」

「大丈夫ですよね。証文もいただいてるし、奥方が悪い人でないということは座頭さんにもわかってもらえたし。不幸なんかに取り憑かれてませんよね？」

「辻占を気にしてるんですか？」

「心持ちが悪いですからね。ほら、あそこにいます。こっちを見てますよ」

文治と新一が辻占の前を通り過ぎようとすると、

「そこの御方」

易者が声をかけた。

「わたしですか？」

「違う。そちらの座頭」

「はあ、何でしょう？」

「目が見えぬのでは、自分がどんな顔をしているのかもわかるまい」

「どんな顔をしてますかね？　よく醜男と罵《ののし》られますが」

「哀れと思う故、教えてやろう。その方の顔には死相が浮かんでおる」

「ほ。死相ですか？」

「寿命が尽きようとしているということだ。長生きはできまいな。何なら、筮竹《ぜいちく》を使ってもそっと念入りに占ってもよいぞ。こちらへ参られよ」

「いえいえ、結構ですよ」

「見てもらった方がいいんじゃないですか？」

　文治の方が心配している。

「生憎と、わたしは占いの類を信じておりませんのでね」

「でも、死相が浮かんでるって……」

「どうせ自分じゃ見えないんですから、わたしには少しも気になりませんよ」

　肩をすくめると、新一がすたすたと歩き出す。その後を文治が慌てて追う。易者は、それ以上、声をかけようとはしなかった。

六

文治と新一が「きよ川」の近くまで来たときには、もう日が暮れ始めている。

「寄っていきませんか。飯でも食っていって下さいよ」

「そうしたいところですが、これから稼ぎに出ないと……。帰りに顔を出しますから」

「お願いします」

そこで文治と別れた。

一人で歩き出すと、

「座頭さん、お願いできますか」

すぐに声をかけられた。

「へえへえ、ありがとうございます」

「こっちですよ」

町屋の立ち並ぶ往来を通り、人気のない堀端に出ると、

「もう大丈夫だ」

にやっと笑ったのは三平である。

「無事だったんだね、新一さん」

「いや、肩口を少しばかり斬られたよ。大したことはないがね」

「夜道で突然、襲ってくるんだからびっくりだ。襲うのは慣れてるが、襲われるなんて滅多にないからさ」

「大坂の刺客らしい」

「ふうん、やっぱりか……」

「知ってるのか?」

「噂でね。詳しいことは知らない」

「検校様は知ってるのか?」

「そりゃあ、知ってるだろう」

「それなら、なぜ、守ってくれないんだ?」

「さあねえ」

「ちぇっ」

「仕事の話に来たんだけど、やめておくかい?」

「やるさ。やばくなったら江戸から逃げる。そのためにも金が必要だからな。で、いつだ?」

「明後日の夜でどうかな? いつものように、おれが案内する」

「いいだろう。相手は?」

「高利貸しのじいさんだ。用心棒は一人。新一さんにとっては、そんなに難しい仕事じゃないはずだよ」

「そうだといいがな」

「それじゃ、明後日の夜……」

「あ、そうだ。ちょっと待て」

「何だい？」

「おめえに仕事を頼みたい」

「どんな？」

「おれの知り合いが旗本の後家にのぼせ上がっちまってな。ちょっと気になる。その女の身辺を洗ってほしい」

「手間賃は？」

「一両」

「小遣い稼ぎにしては悪くないな。よし、引き受けた。一両分は、きっちり調べるぜ」

七

その夜、仕事の後、新一は「きよ川」に寄った。

新一の顔を見るなり、板場からお陸が飛び出してきて、

「ね、本当なんですか、その後家さん、間違いなく信じられる人だって？　お父っつあんは座頭さんが請け合ってくれたなんて言うんですけど」

「いや、請け合うなんてことは……」

「おいおい、いきなり何だよ。座頭さんが困ってるじゃないか」

文治も出てくる。

「だって、大切なことだもの。そのために座頭さんに行ってもらったんじゃない」

「まったく、自分の父親よりも座頭さんの言葉を信じるとはねえ」

「疑われるようなことをするからよ」

お陸が文治を睨む。

「ま、座頭さん、そこに坐って下さいな。今、酒と肴を用意しますから」

「すいませんね」

新一が小座敷に上がる。

「いい年齢をして、すっかりのぼせ上がっちまってるんですよ」

溜息をつきながら、お陸が小声でつぶやく。

「仕事をしてるときだって上の空だから、今日だって、馴染みのお客さんたちから何度も『いつもと味が違うんじゃないか』なんて言われたんですよ。そういうことは、ごまかし

ようがありませんから」

「それは困りますねえ。文治さんの肴を楽しみに通ってる人も多いわけですから。わたしも、その一人ですが」

「何をこそこそ話してるんだよ」

文治が徳利と肴を木卓に並べる。

「どうぞ」

「あ、すいませんね」

新一が猪口《ちょこ》を手にする。

「今日は、お世話をかけまして」

「いいえ、気になさらずに」

酒を飲み、新一は肴に箸《はし》を付ける。まず、里芋の煮転がしだ。甘辛の何とも言えぬ味わいが絶品なのである。新一の好物のひとつだ。

(あれ)

里芋を口に入れて、一瞬、新一の顔が強張《こわば》る。

お陸の言うように、いつもと味が違う。ほんの少しだが甘味が強すぎて、里芋の味がぼけている。

(なるほどな。文治さんの後家狂いは深刻だ)

新一も納得した。

八

「さすが新一さんだ。用心棒をばっさり、じいさんの方も悲鳴を上げる暇もなかったね」

「おだてるな」

新一が手を出す。森島検校に依頼された仕事を片付けた後なのである。高利貸しのじいさんと用心棒を始末したのだ。

「わかってるよ。忘れてるわけじゃない」

三平が紙包みを渡す。殺しの礼金だ。

「ん？　三両か。賃上げしたってことか」

「新一さんの苦情は、きちんと検校様にも伝えてあるからね」

「それにしても二両が三両とはケチ臭い」

「まあまあ、いきなり欲を掻《か》いても仕方ないじゃないか。あ、そうだ。そこから一両もらおうか」

「何で？」

「旗本の後家の身辺を洗えば、その手間賃に一両くれるって約束だったじゃないか」

「もう調べたのか？」

「これでも玄人なんだぜ。楽なもんさ」

「まず話を聞こうか。一両は、その後だ」

「ちぇっ、新一さんだって検校様に負けないくらい吝《しわ》いぜ」

「早く話せ」

「旗本の奥方だったのが姉の八重、その弟が市之助、そういう話だったよね？」

「うむ」

「その二人、本当の名前は、お信《のぶ》と忠三郎《ちゅうざぶろう》っていうんだ。もちろん、姉弟なんかじゃないよ。騙《かた》り強請《ゆすり》が専門の悪党さ。殺しはしないみたいだけどね」

「やっぱり、そういうことだったか。しかし、騙りにしては随分と手が込んでるな。あの家には、おれも行ったが、小さいが立派な表店だったぞ」

「真っ当に暮らしている者にとっては表店を借りるのは容易なことじゃない。よほどしっかりした請人《うけにん》がいないと家主だって貸してくれないからね。だけど、そんなことは、やり方ひとつでどうにでもなるのさ。現に新一さんだって、誰にも疑われずに引っ越せたじゃないか」

「あそこは裏店だぜ」

「裏店だって、表店だって、やり方に変わりはないさ。ただ表店を借りる方が余計に金がかかるってだけのことでね」

「文治さんを騙すためだけに、そこまで金と手間暇をかけるというのが腑《ふ》に落ちないな」

「騙りといっても、あの二人はケチな稼ぎはしないらしいよ。目を付けたカモからは少なくとも百両は巻き上げるらしい。時には、二百両とか三百両とか、そんな大きな稼ぎをするっていうから大したもんだ。だから、時間も金もたっぷりとかけて支度するわけだろうね。うまいこと巻き上げれば、さっさと行方をくらましちまう。一年くらい遊び暮らして、また違う土地で人の好いカモに狙いを付けるってわけだ。昨日と今日、あの家の周りをそれとなく探ってみたけど、その文治って人の他にも男の出入りがあるようだったぜ」

「市之助、いや、忠三郎のことか？」

「違うね。若い男じゃない。中年男や年寄りだ」

「何人ものカモから巻き上げるってことか？」

「そりゃあ、そうだろう。一度にでかく稼ぐには、カモは多い方がいいんじゃないのかね。一人から百両としてね、カモが三人いれば三百両だ」

「ふうむ……」

「どうするんだい、あいつらのこと片付けるつもりかい？　それなら手伝うけどね」

「おれが心配なのは文治さんだけだ。他の連中は、どうでもいい。荒っぽいことするつもりはないよ。文治さんの目を覚まして、騙し取られた金を取り返せれば、それでいい」

「つまらねえなあ。あの二人、かなり貯め込んでるはずだから、片付けちまえば、いい稼ぎになるんだがなあ……。どれくらい貢いでるんだい？」

「今のところ五十両だな」

「ふうん、五十両か。てことは、そろそろだな」

「何が？」

「玄人の騙りってのは、こいつから百両と決めたら、百両巻き上げたところで、さっさとケツをまくっちまう。下手に欲を搔いて、だらだら時間をかけたりしないってことさ」

「そういうものなのか」

「それにしても、新一さん、何だって、そんなに肩入れするんだい？　たかが縄暖簾の親父なんだろう」

「大した楽しみもなく暮らしてる身にとっては、うまい飯を食えるか食えないかってことは深刻な話なのさ」

「はあ？」

「ほらよ、手間賃だ」

小判を三平に放り投げると、新一がてくてくと歩き出す。

九

（ん？）

縄暖簾を潜ろうとして、新一の足が止まった。

店の中から啜り泣きが聞こえるのである。

お陸が泣いているのだな、と新一は察した。

「ごめんなさいまし」

「すいませんね。今夜は、もう仕舞いなんです」

「お陸ちゃん、わたしだよ」

「あ、座頭さんでしたか」

「どうしたんだね。こんなに早く店仕舞いだなんて？」

「お父っつあん、とうとう頭がおかしくなっちまいました。昼過ぎに後家さんの家から使いが来て、そのまま戻ってきやしません。気になるから、夕方、迎えに行ったら、何しに来やがった、さっさと帰れって、凄い剣幕で怒鳴られました。あんなお父っつあんを見たの初めてです。後家さんの色香に惑わされて頭がおかしくなっちまったんです」

お陸がしくしく泣く。

「わたしからも話してみるから、今夜はもう休みなさいよ。泣いてばかりいると、お陸ちゃんが病気になっちまうから」

十

（文治さん、色仕掛けで骨抜きにされちまったか……）

お陸から事情を聞いた新一は、真っ直ぐ八重の家にやって来た。床下に身を潜め、八重と文治の睦言に耳を澄ませているところだ。

小女も実家に帰し、この家で文治と八重は二人きりだ。手練手管《てれんてくだ》の八重の手にかかっては、長く男やもめで過ごしてきた文治など赤子の手を捻るようにころりと騙されてしまうだろうと新一は思う。

「無理ばかり申し上げて……。わたしは悪い女でございます」

「何をおっしゃるのですか」

「市之助に泣きつかれても、わたしには何もしてやることができません。途方に暮れるだけなのでございます。頼る人とてなく心細い身であれば、つい文治さまに甘えてしまって……。先達て五十両をお借りしたばかりだというのに、この上、もう五十両などと。そんな図々しいお願いをする自分が恥ずかしくてなりません。どうか、この恥知らずな顔をご覧にならないで下さいませ」

「八重さまが悪いのではございません。わたしなど、しがない縄暖簾の主に過ぎませんが、用立てた五十両は別段すぐに必要な金というわけでもありません。それ以外にも両替屋に五十両ほど預けてある金がございます。いつの日か娘が嫁ぐ日のためにと思って、こつこつ貯めてきた金ではございますが、まだまだ嫁ぐような気配もございませんから、そのお金をお貸しいたします」

「まあ、いけません。そんな大切なお金を……」

「差し上げるのではなく、お貸しするだけですから遠慮なさることはありません」

「きちんと証文は書かせてもらいますが……」

「わたしは八重さまを信じておりますから」

「まあ、何という嬉しい言葉でございましょう。最初、お目にかかったときから頼りになる御方だと思うておりましたけれど」

「八重さま」

「文治さま」

床下にいる新一は、

(困ったもんだ……)

と小さな溜息をついた。

（ま、文治さんに限らず、男ってのは馬鹿なもんだ。いい女にはかなわねえからなあ）

やがて、文治が帰る気配がする。

「もうお帰りですの」

「今夜は遅いですから。明日、金を持って、また伺います」

「お待ちしています」

そんなやり取りを聞きながら、そろそろ帰るか、と新一が思案しているところに、

「ようやく帰ったかよ」

今度は市之助の声が聞こえた。

「ああ、疲れた。ようやく重い腰を上げたよ、あの親父。半日がかりの大仕事だ。まったく渋い親父だよ。手間暇かけさせやがって」

いきなり八重が蓮《はす》っ葉《ぱ》な口を利き始める。これが素顔なのであろう。

「まさか納戸に半日も隠れていることになるとは思わなかった。体が痛いぜ」

「あんたもご苦労なことだ」

「それで五十両を貢いでくれると思えば文句も言えないわけだが……。これで、あの親父から百両。小間物屋の親父が、あと四十両だったたな？」

「うん。あと二、三日ってところだね」

「で、草履屋の隠居からは百五十両か。締めて三百五十両。悪くねえな」

「もう少し絞れないこともないだろうけど、確かに潮時だろうね」

「これからの四、五日でケリをつけちまおうか」

「のんびり温泉にでも行こうよ。上品な奥方を演じると肩が凝る。楽じゃないよ」

「ふふふっ、それだけじゃないだろう。随分と文治を喜ばせてやったじゃないかよ」

「それで腰も痛いのさ」

「寝酒でも飲めば少しは疲れも取れるだろうぜ」

そんな会話に耳を澄ましながら、

(面倒なことをする奴らだ)

新一が舌打ちする。

八重と市之助が話題にしていた小間物屋の親父とも草履屋の隠居とも新一は知り合いなのである。文治だけでなく、その二人までが大金を巻き上げられようとしているとあっては新一としても、このまま見過ごしにできなかった。

十一

「ごめんなさいまし、ごめんなさいまし」

「こんな遅くにどなたですか」

「座頭でございます」

「頼んでませんよ」

「文治さんに頼まれてきました。この前も伺った座頭でございますが」

「ああ、あの座頭さんね……」

ちょうどいいじゃねえか、腰が痛いのだろう、按摩してもらえばいい……戸の向こうで市之助が八重に囁く声が新一の耳に聞こえる。

「今、開けますから」

戸が引かれる。

「文治さんに頼まれたんですって？」

「ええ、奥方がお疲れのようだったから、とおっしゃいまして。もう代金もいただいております」

「あら、そう。それじゃお願いするわ。上がって」

「はい、失礼いたします」

新一が廊下に上がると、

「酒の支度でもしておくから、先に揉んでもらいなさいな。あんたも体が痛いんでしょう？　座頭さん、悪いけど、うちの弟を先に按摩して下さいな。代金が足りない分は後から払いますから」

「いいえ、とんでもない。文治さんにはいつも贔屓にしていただいてますから、お代は結構です」

「それじゃお願いします」

「へえへえ」

奥の部屋に布団を敷いて市之助がうつぶせに寝そべる。新一が早速、揉み始める。

「ふむふむ、なるほど、かなり疲れが溜まっていらっしゃる」

「わかるかね？」

「肩と腰が辛そうですね。背中も張ってますよ」

「ああ、そうなんだよ。すっかり冷えちまってさ」

「それなら按摩よりも鍼の方が効きますよ」

「鍼は苦手だな。痛いんだろう？」

「どこも悪くないのに打てば痛いでしょうが、これだけ疲れが溜まってるんですから、かえって気持ちがいいはずですよ。血の巡りがよくなりますからね」

「それならやってもらおうか」

「人の体にはツボがたくさんありましてね。不思議なもんで腰に効くツボっていうのは腰にはないんです。肩凝りに効くツボも肩にはないんですよ。ご存じでしたか？」

右手で体を揉みほぐしながら、新一が鍼灸の道具を器用に左手で取り出して並べる。

「さあ、知らないねえ」

「腰に効くツボは首の後ろにあるんですよ」

「ふうん、そうかね……」

新一が手にしているのは長さが一寸半の大鍼だ。その鍼柄をくいっと捻ると、長さが倍になった。

「このツボは、よく効くんです。何もかも忘れちまうくらいにね」

ぶしゅっ、と新一が大鍼を市之助の首に突き刺す。

細い鍼が少しもたわむことなく深く真っ直ぐに刺さる。見事な腕といっていい。

ほんの一瞬、市之助が体を弓なりに仰け反らせたが、すぐに動かなくなる。声も上げなかった。

「効きましたねえ……」

新一が掌を市之助の顔の前にかざす。何も感じない。もう息をしていないのだ。死んでいる。

「さあ、そろそろ代わってもらおうかしら。あれ、どうしたの？」

「按摩して、鍼を打ったら、何だか気持ちよくなったみたいで、少しばかり眠るから起こさないでくれとおっしゃってました」

「まあ、せっかく酒の支度をしたのに」

「いかがですか。その間に奥方も揉ませていただきましょうか」

「そうね。お願いするわ」

もう一枚、床に布団を敷いて、そこに八重が横になる。新一が按摩を始めると、

「ああ、いい気持ち。体が溶けちまいそうよ。あんた、上手だねえ」

「ありがとうございます。腰がかなり辛そうですね。ちょいと鍼を打ちましょう」

「ええ、任せるわ」

八重は気持ちよさそうに目を瞑っている。

さっき市之助の命を奪った鍼を中指と人差し指で挟むと、八重のうなじの窪みに刺した。

八重がびくっと体を震わせる。

「どうですか、よく効くでしょう。体が動かない。口を利くこともできない。だけど、目も見えるし、わたしの声だってちゃんと聞こえる」

「うぐぐっ……」

八重が呻き声を発しながら新一を睨む。

「いいか、よく聞くがいい。これから少しばかり鍼を動かす。そうすると、体は動かないが口は利けるようになる。だが、うるさく叫んだりしたら、すぐに命をもらうよ」

新一がほんの少しだけ鍼を動かす。

「あ、あんた、いったい、何のつもり……」

「そっちの男、忠三郎といったか。もう死んでるよ」

「え」

「わたしは女を手にかけるのは好きじゃないんだ。素直に言うことを聞けば、あんたの命は助けてあげよう」

「嘘よ。どうせ殺すんでしょう」

「死にたいのかね？　殺すのは簡単だよ」

「……」

「金はどこにある？　あんたの命と引き替えだ」

「そ、そんなお金……」

「自分の命がかかってるってことを忘れるなよ」

「ああ……」

力の抜けた溜息が八重の口から洩れる。

「お金は納戸の奥にありますよ。隅の方にある嵌め板が外れるようになってるの」

「あ、そうですか」

新一がまた指先に力を入れる。

八重が白目を剝き出して動かなくなる。

十二

歩くたびに、ずっしりとした小判の重さを感じる。

懐に二百両もの大金を持っているのだから無理もない。

杖を頼りに夜道を歩いていると、

「そこの座頭」

「わたしですか？」

「他には誰もおらぬわ」

「辻占の先生がわたしに何かご用で？」

「こちらに来なされ」

「急いでるんですが」

「すぐに済む」

「はあ、何ですかね。また死相が浮かんでるとか脅かすんじゃないんですか」

「脅かしではない。忠告しているのだ」

易者が筮竹を取り出し、両手で揉みながら木卓の上でとんとんと揃える。

「占いは好きじゃないから、見料は払いませんよ」

「見料などもらうつもりはない。代金は山村検校が払ってくれるのでな」

「え」

「死ね、座頭」

笊竹が飛んでくる。ただの笊竹ではない。鉄でできている。近距離では弓矢よりも威力がある。体に当たれば、ただでは済まない。迫り来る殺気を感じ取って、新一は地面に体を投げ出した。他に避けようはなかった。

木卓を蹴飛ばして、易者が新一に殺到する。抜き身を手にしている。

次の瞬間、血飛沫が飛び、周囲に濃厚な血の匂いが漂った。

新一と易者の体が重なっている。

二人とも動かない。

やがて、

「なんて重い奴だ」

新一が易者の体をごろりと横にどかす。易者の胸板を新一の仕込み刀が貫いている。易者の刀は新一の耳許をかすめて地面に突き刺さっている。紙一重の明暗が生死を分けたのだ。仕込み刀を引き抜いて杖に納めると、

「ああ、また着る物を駄目にしちまった」

ぶつぶつと文句を言いながら、新一が歩き出す。

十三

その二日後、新一は「きよ川」に立ち寄った。

「いらっしゃいまし」

お陸の元気な声が新一を迎えた。

「あら、座頭さん。その節は、いろいろとお世話になりまして」

「え。何のこと？」

「あのね……」

お陸が新一の耳許に囁く。

「あの後家さん、死んじまったんですよ」

「何でまた？」

「昨日の朝、実家から戻った小女が後家さんと弟さんが奥で死んでいるのを見付けたんですって。後家さんはあまり体が丈夫じゃなかったらしいから、心の臓でも止まったのかもしれないわね。弟さんの方はよくわからないけど」

「それじゃ、文治さん、落ち込んでるでしょう」

「腑抜けになってますよ。でも、昨日よりは増しかしら。今日は包丁も握ってるし」

「それは、よかった」

「だってね、後家さんに大金を貸してたわけですから。いくら証文をもらっていても、相手が死んじまったら取り返しようもないでしょう。岡惚れしてた後家さんも死んで、大金もなくしたとなれば、それは落ち込みますよ」

「そうか。それは大変だ」

「ところがね、昨日の夜なんですけど、裏口から巾着《きんちゃく》袋が投げ込まれてね、何だろうと思って開けたら、中からお金が出てきたんです」

「ほうほう」

「何と五十両。お父っつあんたら、三十両とか言って、本当は五十両も後家さんに貸してたんですよ」

「ちょっと待って下さいな。後家さんが見付かったのは昨日の朝なんでしょう。それじゃ、昨日の夜、誰が金を返しに来たんですか?」

「わからないけど、こっちはお金が戻れば文句はないもの」

「お役人に届けたんですか?」

「冗談じゃないわ。そんなことしたら、せっかく戻ってきたお金を取り上げられちまいます。ね、座頭さんも、このことは秘密にしてよ」

「承知しました」

「その代わり、今日は、お酒でも何でもわたしの奢りなんだから」

「それは嬉しいですねえ」

新一が木卓に腰を下ろすと、すぐに文治が酒と肴を運んで来る。

「お陸ちゃんから話を聞きましたよ。さぞ気落ちしているでしょうね」

「体の弱い人だったからね。まあ、天寿を全うしたと思って諦めるしかないだろうさ」

文治が溜息をつく。

「何よ、そんな湿っぽい話なんかして。さあ、座頭さん、どうぞ」

お陸が酌をしてくれる。

「すいません」

酒を飲んで、箸を手に取る。

「うーん、里芋の煮転がしか」

好物なので匂いでわかるのである。

「どれ、ひとつ」

口に放り込んで咀嚼《そしゃく》する。

新一が顔を顰める。

（はあ、文治さん、こりゃあ、相当ひどく落ち込んでるようだな……）

煮転がしの味が元に戻るには、もう少し時間がかかりそうであった。

影法師

一

新一は眠っていた。

しかし、熟睡していたわけではない。そんなことは、この十年、一度もない。眠りは浅く、しかも、頭の片隅が常に醒めている。板敷きが軋んだ音を立てたり、風が屋根を揺らしたりするたびに新一はびくっと体を震わせて枕許に置いてある塗木玉杖に手を伸ばす。

そんな新一だから、壁の切り窓がほんの少しだけ持ち上げられ、空気が裂けるような微かな音がしたとき、即座に反応したのである。その音が耳に入った瞬間、新一の体は布団から転がり出て、板敷きから土間に落ちている。両手で塗木玉杖を握り締め、聴覚に全神経を集中させる。頭で考えて行動したのではなく、本能的に体が動いたのだ。

もう何の音もしない。人の気配もない。

新一は、そろりそろりと板敷きに上がり、布団に手を伸ばした。

（ん？）

布団に三本の針が刺さっていた。小指の爪ほどの長さの短い針である。

（吹き矢か……）

針先を人差し指の腹で撫《な》でる。舌先でちろりと嘗めると、びりっと痺れた。毒を塗ってあるのだ。

「くそっ」

新一は裸足のまま外に飛び出し、部屋の裏手に回った。誰もいない。しんと静まり返っている。五感を研ぎ澄まし、周囲の気配を窺う。やはり、人気はない。新一の寝込みを襲った何者かは、もう姿を消してしまった。ただ、わずかに残り香がある。甘い匂いだ。もっとも、それが何の匂いなのか判別できるほどに強い匂いではない。

大坂からの刺客に違いなかった。執拗に新一の命を狙っているのだ。

しかし、これまでは刺客に襲われるにしても、すべて出先のことであり、この裏店にまで刺客が現れたのは初めてだったし、吹き矢を使う刺客というのも初めてだった。しかも、暗闇の中で正確に新一を狙うのだから腕が立つ。少しでも新一の反応が遅れていたら、今頃、新一は骸《むくろ》になっていたはずだ。

二

新一が仕事に出かけるのは夕方である。

後ろ手に腰高障子を閉めてから、ふと、思いついて袖口から糸を引き抜いた。その糸を戸口に挟む。こうしておけば、新一の留守中に誰かが部屋に入れば、すぐにわかる。その誰かが刺客だとは限らないが、用心するに越したことはない。いつもは、そんなことまでしないのだが、さすがに新一も神経質になっていた。

木戸口に向かって歩き始めたとき、誰かが駆け寄ってくる気配を感じて、咄嗟に新一は身構えた。すぐ手前で、その誰かが転んだ。どぶ板に足を取られたらしい。

「痛《いて》え……」

という声がした。子供の声だ。その声を聞いて、新一は緊張感を緩めた。

「何をしてるのよ」

女の声だ。どちらの声にも聞き覚えはなかった。

「坊や、大丈夫か?」

新一が手を伸ばすと、

「平気だよ」

と言いながら、新一の手をつかんで子供が立ち上がった。声の感じや、手の大きさから、

（九つくらいかな）

と、新一は見当をつけた。

「すいません」

「いいんですよ」

「あの、新一さんですか」

「ええ。そちらさんは？」

「差配さんが、隣に住んでいるのは座頭さんだと教えてくれたもんですから」

「越してきたんですか？」

新一の隣の部屋は空き部屋だったのだ。

「ええ。今日の昼前に。片付けが済んだら、ご挨拶しようと思ってたんですけど、何だかんだと遅くなってしまって。お仙《せん》と申します」

「新一です」

「ほら、自分で挨拶しなさい」

「音松《おとまつ》」

「坊や、いくつだ？」

「十」

「ここのどぶ板は、もう古くなってるから気をつけないと危ないぞ」

「わかってらい」

「元気な子だな。それじゃ失礼しますよ」

「どうぞよろしく」

頭を下げながら、新一が母子の傍らを通り過ぎようとしたとき、お仙の方から鬢《びん》付け油《あぶら》と白粉《おしろい》の入り交じった甘い匂いがした。

「ん？」

「どうかしましたか？」

「いや、何だか、いい匂いがしたので」

「これから仕事に出るもんですから」

「ああ……」

新一がうなずく。日暮れどきから仕事に出かけるということは夜鷹の類か色茶屋勤めなのか、大方そんなところなのであろう。いずれにしても、真っ当な商売ではあるまい。それならば、少しくらい化粧が濃くても不思議はない。

「あの……」

「はい」

「そんなわけで、暗くなると、この子一人ですから、何かのときには、どうぞよろしくお願いします」

「わたしも夜に仕事ですから、いつもいるわけじゃありませんが、まあ、心掛けておきましょう」

「よろしくお願いします」

三

二刻（四時間）ばかり流して、新一は引き上げることにした。客を三人取った。稼ぎは、百四十四文である。夜道を裏店に向かっていると、暗がりから人が出てきて新一の背後にぴたりとくっついた。

「盗人みたいにこそこそと近付いてくると、ぶった斬られても文句は言えねえぞ、三平」

「おいおい、おれだってことは新一さんも承知してたはずだぜ。脅かさないでくれよ。機嫌が悪いのかい？」

「いいはずがねえさ」

「嫌な客にでも当たったのかい？」

「呑気な野郎だ。寝込みを襲われて、危うく命拾いしたって話だよ」

「え。どういうことだい？」

　新一は、吹き矢を使う殺し屋が裏店に現れたことを三平に説明した。

「へえ、そんなことがあったのか。それにしても、毒針を仕込んだ吹き矢を使うなんて聞いたことがねえや。大坂の刺客に間違いないのかい？」

「それ以外に思い当たることはねえな」

「それもそうか」

「検校様は、どうなってる？　このところ続けざまだぜ。大坂のやりたい放題じゃねえかよ。江戸にいて、検校様の指図をこなしていけば、こっちの身を守る。そういう約束だったはずだぜ。裏店にまで刺客が現れるようだと、もう江戸にもいられないってことだ。自分の身は自分で守るしかないからな」

　新一は、森島検校に対する不信感をあからさまに口にした。

「まあまあ、落ち着いてくれよ。検校様だって、新一さんとの約束をないがしろにするつもりなんかないさ。ただ、大坂が……」

「大坂が何だ？」

「聞いてないかい、山村検校の具合が思わしくないって話を？　もう長くないらしいよ。それで山村検校の後釜《あとがま》を狙って、配下の者たちの間で争いが起こっているという噂だ。新一さんのことに関しては、山村検校との間では話がついてるはずだから、刺客を送ってくるのは山村検校じゃないはずだよ」

「……」

三平の言いたいことは新一にもわかる。上方の盲人組織の頂点に立ち、闇の組織まで支配する山村検校の力は絶大だ。その山村検校が死に瀕しているとなれば、その強大な権力を我が物にしようとして跡目争いが起こるのは当然であった。跡目を狙う何者かが、組織を裏切った新一を血祭りに上げることで点数稼ぎを企んでいるのに違いなかった。誰が山村検校の跡目を継ぐのか、それがはっきりするまで森島検校としても大坂方と交渉のしようがない、そういうことなのであろう。

（迷惑な話だ……）

事情がわかったからといって、新一の気持ちが晴れるわけではない。自分の命を弄《もてあそ》ばれているような不快感が消えなかった。

「仕事の話だけど、どうする？」

新一の不機嫌さに辟易《へきえき》した様子で、三平がおずおずと口にする。

「やるさ。江戸から逃げ出すにしても金が要るからな。さあ、話せ。今度は誰をあの世に送るんだ？」

四

町木戸が閉められる少し前に新一は裏店に戻った。まだ、四つ（午後十時頃）にはなっていないが、すでに裏店は、しんと静まり返っている。この裏店に住む職人や日雇いは夜明けと共に起き出して仕事に出かけるから夜も早いのである。

（ん？）

腰高障子に手をかけて、新一の動きがぴたりと止まる。今朝、出がけに戸口に挟んでおいた糸がなくなっている。留守中、誰かが腰高障子を開けたのだ。

警戒を緩めず、そろりそろりと部屋に入る。息を止め、周囲の気配を窺う。部屋には誰もいない。

すすぎも使わず、新一が板敷きに上がる。つづらの蓋を開け、肌着や下帯の間を探る。そこには日常生活で使う細かい金を全部で二両ほど入れてある。それがなくなっている。ちっ、と舌打ちすると、新一は壁ににじり寄る。ところどころ粗壁が剝き出しになり、崩れて穴が開いているところもある。その穴のひとつに新一は手を差し込んだ。

（ない）

ここには裏の仕事で稼いだ十五両ほどの金を隠してあった。それがなくなっている。

ただの盗人ならば、つづらの中に二両も見付ければ、大喜びで引き上げるだろう。裏店住まいの貧乏座頭が二両も貯め込んでいるというだけでも驚きのはずだ。しかし、この盗人は、それだけでは満足しなかったらしく、念入りに壁の穴まで探ったのである。新一が裏の仕事で大金を稼いでいることを承知しているからに違いなかった。

この部屋には畳が一枚だけある。直《じか》に板敷きに布団を敷くと冷えるので、その畳の上に床を延べるのだ。その畳もすっかり古くなって毛羽立っている。磨り減って中の糸も見えている。いくつもある破れ目のひとつに新一は指を入れ、畳の中を探った。

（あった……）

新一は安堵《あんど》の溜息を洩らした。この畳にも金を隠してある。全部で二十両はあるはずだ。

今の新一には、その二十両が命綱といっていい。

土間に下り、すすぎ水を取る。上がり框に腰掛けて足を洗い始める。

（あいつだ……）

留守中に部屋に忍び込み、新一の金を奪ったのは毒針で新一の命を狙った刺客の仕業であろうと新一は思う。この部屋で命を狙われたことで新一が警戒感を深め、どこかに高飛びしようとするのを未然に防いだのだ。先立つものがなければ高飛びもできないからである。それが考えすぎだとは微塵《みじん》も思わなかった。なぜなら、ほんのわずかだが部屋の中に甘い残り香があるからだ。健常者には嗅ぎ分けられないほどの微かな匂いである。五感が研ぎ澄まされた盲人だからこそ、その匂いに気が付いたのだ。あの夜に嗅いだ匂いと同じだった。

五

翌朝……。

「こんにちは。座頭さん、いらっしゃいますか」

女の声がした。

「どうぞ」

新一が声をかけると、腰高障子が引かれ、失礼しますよ、と言いながら女が入ってきた。

「ええっと、あんたは……」

「お仙です。隣に越してきた者ですよ。昨日、ご挨拶しましたけど」

「ああ、そうでした。何かご用ですか？」

「煮染《にし》めを作ってみたんですけど、ほら、うちは二人でしょう。ちょっと多く作りすぎたもんですから、よかったら食べてもらおうかと思って」

「それは嬉しいな」

「流しに置いていいですか？」

「ええ」

「あの、座頭さん……」

「はい」

「昨日も話しましたけど、わたし、夜は仕事なんです。お隣の誼《よしみ》でというのもなんですが、音松のことを気にかけてやって下さいませんか」

「なぜ、わたしなんかに？」

「わたしたち親子には、頼りになる身内もおりません。明日をも知れない、しがないその日暮らしです。他人様《ひとさま》の情けにすがらなければ生きていけない身の上です。差配さんから、座頭さんも一人暮らしだと聞きました。もし、座頭さんが病気か何かで困っているときには、わたしもきっと力になります」

「相身互《あいみたが》い、そういうことですか」

「図々しいとは思うんですが……。その代わりというわけじゃありませんが、座頭さんがそうしたいと思うときには、いつでも相手をさせて頂きますよ。商売っ気抜きで」

「こんな醜男なんかに抱かれたくないでしょうに」

「見かけで選《え》り好みするほど世間知らずのおぼこじゃありません。端金《はしたがね》で見ず知らずの男たちに体を開くような女なんですから。こんな女じゃ、座頭さんの方が嫌かもしれませんけど……」

「そんなことはありません。まあ、坊やのことは心得ておきますよ。わたしが部屋にいるときにはね」

「ありがとうございます。それじゃ、また」

「ええ。煮染めをありがとう」

お仙が部屋から出ていくと、新一は立ち上がって土間に下りた。

（ん？）

お仙の匂いが残っている。汗に腋臭《わきが》、口臭と紅の匂い、それに、

（この甘い匂い……）

たぶん、鬢付け油と白粉が混じった匂いであろう。

新一が小首を傾げたのは、その匂いが、ゆうべ、部屋に残っていた甘い残り香と同じ匂いなのかどうか確信が持てなかったからである。

（あのお仙という女が大坂からの刺客なのか？）

新一が襲われた直後に引っ越してきて、しかも、妙に馴れ馴れしく接近してくるというのも偶然にしては出来過ぎているような気がしないでもない。

新一の命を奪うために、それほど手の込んだことをする必要があるのか、そんな疑問がないではないが、これまでに新一に返り討ちにされた刺客の数を指折り数えていけば、それくらいの手間暇をかけたとしても不思議はないのかもしれなかった。まともに襲撃した

のではうまくいかないから、さりげなく新一の懐に入り込み、隙《すき》を見つけて、いきなり襲いかかる、そんなやり方である。

以前にも一度、隣の空き部屋に若い女が引っ越してきたことがある。その女も夜鷹という触れ込みだったが、柏戸の勘三郎配下の凄腕の殺し屋というのが本当の姿だった。そんなことがあったことを考えれば、子連れの夜鷹というのは意外と巧妙な隠れ蓑《みの》なのかもしれなかった。

新一が立ち上がって流しに近付く。そこに、お仙が置いていった煮染めが置いてある。新一は皿を持ち上げて匂いを嗅いだ。うまそうな匂いがする。炊きたての熱い飯と一緒に食えば、さぞ、うまいだろうという気がする。

しかし、新一は手を付けようとは思わなかった。

お仙が刺客だとすれば、その煮染めにも、きっと毒が入っているに違いないからだ。

六

擦れ違いざま、相手が手にしていた提灯を斬り落とす。目にも止まらぬ早業だ。

「ひぇっ」

明かりを失い、いきなり暗闇の中に放り出されると、健常者は金縛りにあったように呆然と立ち尽くすのが常だ。暗闇に目が慣れるのに時間がかかるせいである。その隙に、新一は相手の背後に回り込み、首の後ろにある急所に大鍼を打ち込む。

「うっ……」

短い呻き声を発して相手が倒れる。それで終わりだ。もう死んでいる。

相手が用心棒を連れていたりして複数の場合だと、この手は使えないが、相手が一人のときには、うまくいく。抜き身を使って、相手を斬り倒すのも難しくはないが、そのやり方だと、それが殺人だということが一目瞭然であり、辻斬りではないか追い剝ぎではないかと町方が騒ぐことになる。そのような騒ぎが起こることを森島検校は嫌う。その点、大鍼を使えば、よほど念入りに検死しない限り、まず自然死として扱われる。

新一自身も、仕込み刀よりは大鍼を使う方を好む。仕込み刀を使うと、どうしても返り血を浴びることになるからだ。座頭の着衣は、「無紋の白長絹、紫の菊綴《きくとじ》、紫小袖。その下に白絹の衣」と決められていて、どれも安い物ではない。返り血を浴びるたびに新調していたのでは割に合わないのである。

死体を後に残して新一が歩き出すと、どこからともなく三平が現れ、

「へへへっ、相変わらず見事なもんだね。あれじゃ、自分が死んだとも気が付かないであの世行きだ」

と軽口を叩いた。

「寄越せ」

新一が手を出す。

「わかってるって」

三平が紙包みを手渡す。殺しの礼金だ。

「うむ、三両だな。それじゃ、おやすみ」

新一がすたすたと歩き出す。

「あ、ちょっと待ってくれよ。検校様から伝言があるんだ」

「おれに伝言だと？」

「大坂の刺客のことさ」

「何かわかったのか？」

「やっぱり、大坂では山村検校の跡目争いが起こっているらしくてね。新一さんに刺客を送ったのも、山村検校じゃない」

「で？」

「検校様も手を打ったらしいけど、もう江戸に入り込んじまった刺客は止めようがないらしいんだ。何でも三人いるらしい」

「三人か……」

「三人だったというべきかな。そのうちの二人は、もう新一さんが片付けたもんな。例の浪人者と易者に化けた殺し屋」

「……」

よく覚えている。一人は剣の達人、もう一人は鉄製の筮竹を操る易者だった。

「もう一人は？」

「たぶん、新一さんの寝込みを吹き矢で狙った奴じゃないかと思うけどね」

「女じゃないのか？」

「さあ、男なのか、女なのか……。詳しいことは検校様にもわからないらしい。ただ凄腕だって話だよ。今まで狙った相手を逃がしたことは一度もないらしい」

「検校様が守ってくれるんだろう？」

「いや、それが……」

三平が口籠もる。

「何だ？」

「自分で何とかしてくれってさ」

「開いた口が塞がらねえよ」

ちっ、と舌打ちして新一が歩き出す。もう三平は追いかけようとはしなかった。

七

裏店の木戸を潜ったところで、新一は立ち止まって耳をそばだてた。子供の泣き声が聞こえる。奥に向かって歩いていく。その泣き声は新一の隣の部屋から洩れ聞こえていた。

ということは音松が泣いているのだ。

その部屋の前で立ち止まったのは、夜の稼ぎに出ている間、何かあったら音松のことを気にかけてやってくれないか、とお仙に頼まれていたからである。

新一は、お仙のことを大坂から送り込まれた刺客ではないかと疑っている。そうだとすれば、これは新一を部屋に誘い込む罠《わな》かもしれなかった。

逆に、新一の疑いがまったくの的外れで、お仙と音松がその日暮らしの哀れな母子に過ぎないという可能性もある。

（どうしたものか……）

しばし思案したが、すぐに、

「おい、音松さんだろう。わたしだ、隣の座頭だよ。開けるからね」

と腰高障子を引いた。疑心暗鬼となって神経を磨り減らすよりは、進んで虎穴に飛び込んで片を付ける方がいいと考えたのである。

　新一は盲目だが、明るさを感知する能力はわずかに残っている。だから、部屋の中に明かりがあるかないかくらいの判断はできる。この部屋は真っ暗だった。

「なぜ、行灯に火を入れないんだね？」

「火打ちが見当たらないんだ」

「おっかさんは？」

「いねえ。おれが帰ったときには、もういなかったんだよ」

「そうか」

　引っ越してきたばかりで、まだ荷物の整理が済んでおらず、それで音松は火打ち石を見つけられないのかもしれない、と新一は思った。部屋には音松以外に人の気配はなく、

（気の回し過ぎだったか）

　と、新一は緊張を緩めた。そうなると、独りぼっちで泣いていた音松のことが哀れに思えてくる。

「飯は食ったのか？」

「ううん、まだ」

「おっかさんが何か支度していってくれたんじゃないのか？」

「飯櫃《めしびつ》を土間にひっくり返しちゃったんだ。汁も一緒に……」

　ううう、と音松が啜り泣く。

「もう泣くな」

暗い部屋の中をうろうろしているうちに晩飯をひっくり返してしまい、食べる物がなくなったということらしかった。

「わたしの部屋においで。何か食べさせてあげるよ。あんたのおっかさんからも面倒を見てくれと頼まれてるしね」

八

「行灯のわきに火打ちがあるだろう。付けられるか？」

「できるよ」

カチッ、カチッ、と音がして、音松が行灯に火を入れる。

「悪いが冷や飯しかないぞ。あとは漬け物くらいだ」

飯櫃から茶碗に冷や飯をよそい、小皿に漬け物を取り分けて、箱膳に載せる。

ふと、思いついて、

「そうだ。今朝、おっかさんが煮染めを持ってきてくれたんだ。おまえも食べたか？」

「食ったよ。ゆうべも食ったし、今朝も食った」

「また食うか？」

「うん、食べる」

新一は流しから煮染めの皿を持ってきて、漬け物の横に置いた。

「さあ、食え」

「いただきます」

音松が飯を食い始める。よほど腹が減っていたのか、一心不乱に食べ続ける。

二杯目の冷や飯をお代わりするとき、

「座頭さんは食べないの？」

と、音松が訊く。

「今はいいんだ。たんとお食べ。遠慮しなくていいから」

「ふうん」

また音松が食べ始める。

「……」

音松が健康そうに咀嚼するのを聞きながら、

（気のせいだったかな……）

と、新一は思った。音松が、お仙の持ってきた煮染めをうまそうに食っているからだ。

毒が入っているのではないかと疑った煮染めを音松に食べさせることに新一がまったく
罪悪感を感じないと言えば嘘になるが、

（坊やには悪いが、それは、おめえのおっかさんが拵えたものだ。もし毒に当たったら、おっかさんを恨むんだな）

　という気持ちなのであった。

「おっかさんが稼ぎに出ている間は、いつも一人なのか？」

「うん、そうだね。今のおっかさんと暮らすようになってからは、いつも一人だよ」

「今のおっかさんだと？」

「本当のおっかさんと暮らしてるときには、おれにも姉ちゃんがいたから、二人でおっかさんの帰りを待ってたんだ」

「おい、ちょっと待ってくれよ」

　新一は嫌な胸騒ぎを感じた。

「あのお仙という人は、本当のおっかさんじゃないのか？」

「違うよ」

　音松は、あっけらかんとしている。

「それじゃ、何だって一緒に暮らしてるんだ？」

「本当のおっかさんが病気で死んじまったからだよ」

「それは、いつのことだ？」

「えーっと、二年くらい前かな」

「姉ちゃんは？」

「誰か知らない人が来て姉ちゃんをどこかに連れて行った。おれは、あの人に一緒に来るように言われて、これからは、わたしをおっかさんと呼ぶんだって言われたんだ。うっかり、おばさんなんて呼ぶと、ひどくぶたれるから、おっかさんと呼んでる」

「本当のおっかさんの姉さんとか妹とか、つまり、身内だったからなのか？」

「わからない。会ったこともない人だったから」

「ここに来る前は、どこにいたんだ？」

「あっちこっちだよ。引っ越してばかりなんだ」

「ひょっとして、おめえは上方の生まれか？」

「ああ、そうだよ。大坂の平野郷の生まれさ」

「しかし、言葉に訛《なま》りがないな」

「江戸で上方言葉を使うとぶたれるんだ。その気になれば、大坂言葉だって、京言葉だって使える」

「……」

「うっかり余計なことを話しちまった。また、おっかさんにぶたれちまう。ね、座頭さん、黙っていてくれるかい？」

「ああ、わかってる」

「よかった。座頭さんは、いい人だと思ったんだ。飯だって食わせてくれたし……」

うっ、と呻いて、音松が茶碗を床に落とした。

（あ。いけない）

新一は、ハッとした。箱膳に手を伸ばし、煮染めの皿を探る。半分くらいになっている。しまった、と悔やみながら、音松ににじり寄る。音松は床にひっくり返り、海老のように体を丸めて腹を押さえている。

「痛え、痛えよ……」

うーっ、うーっと苦しげな呻き声を発する。

「ちょっと我慢しろよ」

新一が音松の口に指を突っ込む。少しでも腹の中にある物を吐き出させないと体中に毒が回ってしまう。音松が吐いた。

「すまなかった、坊や。おれのせいだ。許してくれよ」

胃液しか出なくなるまで吐かせると、音松も少し落ち着いた。まだ痛みは続いているものの、さっきほどではないという。布団を敷いて音松を寝かせ、痛み止めの煎《せん》じ薬を飲ませた。腹痛に効く経穴に鍼も打ってやった。音松に毒味をさせたことを新一は強く後悔していたので懸命に音松を看病したのである。やがて、音松は小さな寝息を立て始めた。痛み止めが効いてきたのであろう。

（よかった……）

新一は音松の傍らにぺたりと坐り込み、安堵の吐息を洩らした。音松の身に何かあれば、新一は悔やんでも悔やみきれなかったであろう。

気持ちが落ち着いてくると、今度はむらむらと怒りの感情が湧いてきた。

（人でなしどもめ）

子供を隠れ蓑にして新一に近付き、新一を油断させて、隙あらば命を奪おうという魂胆なのに違いなかった。決して許さない、と新一は心に誓った。

九

四つ半（午後十一時過ぎ）を回った頃……。

裏店のどぶ板が軋む音を新一の耳は聞き逃さなかった。新一は土間に蹲《うずくま》っている。

腰高障子が引かれる。

外気と共に白粉の甘い匂いが漂ってくる。

（やっぱり、この女だったか……）

新一は確信した。

「お疲れさま」

「え」

びくっとした様子で、お仙が戸口で立ち止まる。

「新一です。隣の座頭です」

「座頭さんですか。びっくりしたわ。だって、こんな真っ暗な部屋で……」

「盲人に明かりはいりませんからね」

「何かあったんですか？」

お仙が土間に入ってくる。

「仕事から帰ると、坊やが泣いてましてね」

「音松が？」

「腹が減ったと言って……。飯櫃と汁をひっくり返してしまったようで」

「だから、土間が濡れてるんですね」

「うちで飯を食わせました」

「まあ、そんなことまで……。お世話になりました。ありがとうございます」

「冷や飯と漬け物しかなかったので、今朝、お仙さんが持ってきてくれた煮染めを食べさせました」

「あの煮染めを音松に……」

「なぜだか、突然、腹が痛いと苦しみ出しましてね。全部は食べてなかったんで、すぐに吐かせました。薬を飲ませたりして、何とか痛みも治まって、今はうちで寝ています」

「……」

「いろいろと坊やが話してくれましてね。お仙さんと坊やが本当の親子ではないとか、坊やが上方の生まれだとか……」

新一の言葉が終わらないうちに、夜鷹が持ち歩く茣蓙《ござ》が新一に向かって投げつけられた。左手で茣蓙を払いのけようとするが、すでにお仙は新一に飛びかかっている。お仙の右手に握られているのは髪に挿していた簪である。ただの簪ではない。先端が鋭く尖った刃物だ。殺しの小道具であろう。茣蓙を突き破って、お仙が新一の心臓を突き刺そうとする。咄嗟に新一は身をよじる。

（うっ）

鋭い痛みを感じた。かわしきれなかったのだ。お仙の簪は、新一の心臓を捉えることはできなかったものの、肋骨《ろっこつ》をかすめて肉を切り裂いた。よほど力を込めたものか、勢い余って上がり框に簪が食い込んだ。その衝撃でお仙の体勢がわずかに崩れる。

その隙を新一は見逃さなかった。

新一の右手には義甲が嵌められている。本来は箏を奏でるときに使う物で、親指、人差し指、中指の三本の指に嵌める。普通は象牙で作られることが多いが新一の義甲は鉄製で、固い胡桃を簡単に砕くほどの威力がある。義甲を嵌めた三本の指を揃えて、新一はお仙の烏兎《うと》を突いた。烏兎というのは、眉と眉の間にある経穴で、ここを強く突かれると、ほんの一瞬だが視力を失い、体が麻痺《まひ》して動かなくなる。新一は素早くお仙の背後に回り、首の後ろに大鍼を打ち込んだ。お仙の体がびくっと硬直する。その直後、だらりと力が抜け、お仙が土間に横倒しになる。死んだのである。

新一は、ふーっと大きく息を吐き出すと、土間に坐り込んだ。顔に大粒の汗をかいていた。ひどく疲れた。勝負は一瞬でついたが、決して楽な勝負ではなかった。お仙が新一を攻撃する方が早く、新一は虚をつかれて反応が遅れた。その遅れが命取りになるところだった。お仙の簪に傷つけられた場所は心臓から一寸と離れてはいない。お仙がもう少し左側を狙っていたら、この場に死んでいるのは、お仙ではなく新一だったであろう。

傷の手当てをしなければならないが、その前にやることがある。

上がり框に突き刺さった簪を引き抜く。それから、ゆっくり新一は立ち上がった。お仙の体を肩に担ぎ、莫蓙を脇に抱える。この部屋に死体を放置するわけにはいかない。始末しなければならなかった。

十

お仙の死体と莫蓙、それに簪を堀に捨てた。死体を捨てる前に懐から財布を抜いた。物取りの仕業に見せかけるためである。堀に死体が浮かぶことなど、江戸の町ではさほど珍しくはないし、身内が騒ぎ立てるようなことがなければ、町方が下手人探しをするようなこともない。堀から引き上げられて、どこかの寺で無縁仏として葬られることになる。

新一は重い足を引きずって裏店に帰った。傷がずきんずきんと痛む。時折、足を止めて新一は顔を顰めた。

部屋には行灯をつけてある。音松が目を覚ましたとき、真っ暗な部屋にいるのでは心細いだろうと気を遣ったのである。土間に入ると、音松の寝息が聞こえた。まだ眠っているらしい。

新一はすすぎも使わずに板敷きに上がると、傷の手当てを始めた。指で傷を探ると、思いの外、傷が深い。やはり、お仙は凄腕だったのだ。

(危ないところだった……)

と考えながら、新一は膏薬《こうやく》を傷口に塗り込んだ。出血を止めなければならない。新一は我慢強い方だが、それでも口から呻き声が洩れた。

「座頭さん、どうしたの?」

「起こしてしまったか。すまなかったな」

「怪我したの?　大丈夫?」

「大したことはない。気にしないで寝なさい」

何気なく新一が音松の方に顔を向けたとき、シュッ、シュッ、という空気が裂けるような微かな音がした。

（あ）

新一は、顔に鋭い痛みを感じた。

吹き矢の毒針だ。新一は顔に刺さった二本の毒針を右手で払う。

次の瞬間、新一の体がぐらりと傾き、板敷きにひっくり返った。顔の筋肉がぶるぶると痙攣しており、言葉を発することができない。手足も痺れてしまい思うように動かすことができない。

「阿呆《あほ》な座頭やなあ、まったく」

子供らしさが消え、妙に大人びた音松の声を聞いたとき、新一は自分の犯した大きな間違いを悟った。

（逆だったのか。音松が隠れ蓑だったわけではなく、お仙が隠れ蓑だった……）

大坂から送り込まれた三人の刺客のうち、浪人者と易者は新一が始末した。三平の話では、三人目の刺客はかなりの凄腕だということだった。しかも、男なのか女なのかもわからないような謎の刺客で、これまでに狙った相手を逃がしたことは一度もないという。なるほど、お仙も凄腕には違いなかったが、浪人者や易者よりも腕が立つとは言えないし、正体が明らかでないというのもおかしい。裏の世界では女の殺し屋というのは、それほど珍しくはない。

音松だったのだ。

影法師のようにお仙にくっついていた、この少年こそが恐るべき殺し屋だったのである。

（くそっ）

新一は己の迂闊《うかつ》さを呪《のろ》った。音松は、実の母が亡くなったとき、姉と離れ離れにされてお仙に引き取られたと言ったではないか。冷静に考えれば、それが手掛かりだったのだ。音松はお仙に引き取られたのではなく、殺し屋として仕込まれるために山村検校に引き取られたのであろう。音松の身の上話のほとんどはでたらめであろうが、いくつかの真実もちりばめられていたのだ。

他ならぬ新一自身が山村検校によって有無を言わさず殺し屋に仕込まれたのだから、ちょっと想像をたくましくすれば、音松の嘘を見破ることもできたはずなのである。にもかかわらず、新一はお仙ばかりを疑って、音松のことなど微塵も疑わなかったのである。

まんまと敵の術中にはまったといっていい。その揚げ句、お仙を始末して気が緩んだところを狙われ、呆気なく板敷きに転がされてしまった。あまりにも情けなくて怒りも湧いてこない。

「あーっ、江戸の言葉は好かんわ。やっぱり、慣れた言葉をしゃべるのが楽でええなあ。そう思わんか、新一？」

「……」

「何を訊かれても答えられんか。顔が痺れて口が利けんものなあ。手も足も動かんやろし、厄介なことになってもうたなあ」

けけけっ、と音松が愉快そうに笑う。

「今の気分は、どうや？　情けない姿やでえ。自分でも、そう思うやろ？　悲しくなるやろなあ。さんざん検校様を手こずらせて、わしらの仲間を何人もあの世に送って、自分にかなう者はおらんといい気になっとったんと違うか？　怖いか？　もうすぐ死ぬと思うと、やっぱり、怖いんか？」

「……」

「簡単には殺さんでえ。そんな楽に死なせたら、あんたに殺された仲間たちに申し訳ないわ。その針に塗っとったんは痺れ薬や。毒やない。半刻（一時間）くらいは動けんやろけど、それだけでは死なん。けど、喜んだらあかんでえ。毒針でさっさと死んだ方がよかったと思うかもしれんからなあ。さっきから、どうやってあんたを殺そうかと考えとるんやけど、わしが考えとることをあんたが聞いたら金玉が縮み上がるんやないかな。わし、そういうの得意なんや。子供なんかに何ができると思うとるかもしれんけど、実は、そんなに子供でもないんやで。もう十五なんや。けど、体も大きくならんし、声変わりもせんので、みんな、わしを十くらいやと思うらしい。ま、その方がこっちとしてはやりやすいことが多いな」

「……」

「しかしなあ、一筋縄ではいかん相手というから、随分と手間暇かけて手の込んだことをしたけど、意外と呆気なかったなあ。もうちょっと楽しめるかと期待しとったんやけど。あんた、てっきり、お仙が刺客と思うたやろ？　わしが、そう仕向けたんやで。いつぞやの晩、切り窓から毒針であんたを狙ったときも、あれで片が付くとは思うとらんかったから、わざと白粉の匂いを残しといたんや。そうすれば、きっと、あんたはお仙を疑うやろと思うてな。煮染めのことかて、そうやで。あれには、最初から毒なんか入っとらんかった。お仙をあんたに近づけようと思うただけや。けど、うまいことあんたがわしを部屋に入れてくれたんで、ちょいと細工して、痺れ薬を自分で入れて、毒を食らった振りをしたわけや。あれでもう、あんたは完全に騙されてもうたなあ。こっちは笑いをこらえるのが大変やったで」

「こ、こ、ころ、せ……」

それだけの言葉を発するのも一苦労だった。

「さっきも言うたやろ。簡単には殺さん、と。しかしなあ、うまいこと、お仙があんたを始末すればわしも楽やったんやけどなあ。やっぱり、お仙の腕では無理やったな。あれは、結構、いい女やったで。隣にあんたが住んどるから抱くのを控えとったけど、死んだとなると、ちょっと惜しい気がするわ。あんたもどうせ殺すなら、お仙の体を味わってからにすればよかったのになあ。この世で味わう最後の女の味やもんなあ」

「……」

「さて、さて、長話をするのも飽きてきた。そろそろ始めるかな。気になるやろ、自分がどんな目に遭わされるか。けけけっ、ま、とりあえず、ありきたりやけども、手と足の爪を一枚ずつ剝がして、それから指先を切り落とすことにするわ。あんたの目が見えんのが残念や。自分の体が少しずつ切り刻まれるのを見るのは辛いもんやでえ。さ、いくで。歯を食いしばれ。と言っても、口が痺れとるから無理か。残念、残念」

　音松が新一の左手をつかみ上げる。

「この道具、わしが自分で拵えたんやけどな、こうして爪の先を挟んで、ぎゅっと握って引っ張ると、爪が簡単に剝がれるんや。ほら、この通り」

「うぐっ……」

　新一の口から呻き声が洩れる。人差し指の爪を剝がされたのだ。叫び声を出すことができれば、裏店に住んでいる者たちが何事かと駆けつけるだろうが、痺れ薬のせいで大きな声を出すことができない。音松は何から何まで計算尽《ず》くなのだ。

「痛いか？　そりゃあ、痛いやろなあ。さあ、もう一枚、いこうか」

　次に中指の爪が剝がされそうになったとき、腰高障子ががらりと開き、誰かが部屋の中に飛び込んできた。

　音松が素早く反応する。

　が……。

　新一が必死に力を振り絞って、音松の足に両手でしがみついたため、音松は足をもつれさせて転びそうになる。

「腐れ座頭めが」

　音松が憎々しげに新一を罵る。それが音松の最後の言葉だった。

　次の瞬間、微かに空気が揺れるのを新一は感じ取った。音松が短い悲鳴を発する。たちまち濃厚な血の匂いが部屋の中に満ちてくる。

「何とか間に合ったようだな、新一」

　藤一の声だった。

「危ねえ、危ねえ、なあ、新一さん」

　これは三平の声だ。

「新一さんが部屋で吹き矢に狙われたっていう話を藤一さんにしたら、それはいけねえ、そんな部屋にいたらまた狙われるじゃないかって言うもんだからさ。それはそうだとおれも思ってさ、このまま放っておくのはまずいんじゃないですかと検校様に申し上げたんだ。そうしたら、しばらく藤一さんのところに身を隠させろというお指図でね。で、早速、新一さんを迎えに来たってわけだけど、こんな夜更けに部屋から明かりが洩れているから妙だと思ってさ。おれ一人じゃどうにもならなかっただろうけど、藤一さんが一緒に来てくれてよかったよ。この小僧が吹き矢を使う刺客かい？」

「う、う、む……」

「ひでえな。しゃべれないのかい。でも、よかったじゃないか。本当に危ないところだったね。あれ、怪我をしてるね」

「わしが手当てをしよう。三平、その間に部屋をきれいにしろ。たぶん、血まみれだろう」

「ええ、おっしゃる通りです。この部屋をきれいにするのは一苦労ですよ」

「新一が手間賃を弾んでくれるだろうよ」

「頼みますよ、新一さん」

三平は土間に下り、水甕から手桶に水を汲む。早速、拭き掃除を始めるつもりらしい。

「ふうむ、爪を剝がされたのか。他にも痛むところがあるか？」

「む、む、む、ね……」

「胸か」

「ま、怪我をしているにせよ、命に別状はないらしいから、よかったじゃないか。それに、どうやら、もう引っ越す必要もないらしい」

水蜘蛛《みずぐも》組

一

「簡単には殺さんでえ……」

けけけっ、という音松の笑い声が響く。

新一は左手をつかまれ、音松が自分で考案したという責め道具で人差し指の爪を剝がされた。その瞬間、新一は、ぎゃっ、と悲鳴を上げて、眠りから覚めた。

（え……）

夢を見ていたのだ。生々しい夢だった。

新一は上半身を起こした。

ひどい汗をかいている。腋の下もじっとりと湿っているし、顔にも玉の汗をかいている。

新一は起き上がって土間に下りる。水甕の蓋を取って柄杓《ひしゃく》で水を汲む。ごくごくと喉を鳴らしながら、続けざまに三杯の水を飲む。それから手拭いを絞り、上がり框に腰を下ろして体の汗を拭う。

まだ夜明け前である。夜が明ければ、仕事の早い裏店の住人たちが起き出す気配がするし、雀《すずめ》の声も聞こえるはずであった。にもかかわらず、裏店は、しんと静まり返っている。まだ夜明けには間があるのだ。部屋の空気の冷たさから、夜明けまで半刻（一時間）ほどだろうと新一は推測した。目が見えなくても、それくらいのことはわかる。

新一が座頭として流し按摩の仕事に出かけるのは夕方からなので、普段、新一は朝がそれほど早い方ではない。朝五つ（午前八時頃）過ぎまでは平気で寝ていることが多い。

しかし、眠気は飛んでいた。もう一度、布団に横になろうという気にはならなかった。

（何か飲むか……）

汗をかいたせいで体が冷えている。酒を飲めば、すぐに体が温まりそうだが、こんな時間から酒など飲みたくなかった。火鉢の灰を掻き回して残り火を熾《おこ》し、そこに新しい炭を足す。鉄瓶に水を入れて火鉢に載せる。茶碗一杯分の湯を沸かすだけだから、さほど時間はかからないはずであった。

（もう四度目か）

音松に襲われた悪夢を見るのは、この一月《ひとつき》で四度目なのである。今までにも死にかけたことは何度もある。もう駄目だ、と念仏を唱えたことも一度や二度ではない。

だからといって、危ない目に遭った夢を頻繁に見るわけではない。

音松だけが例外なのだ。

爪を剝がされた傷も、今ではだいぶよくなっていて痛みを感じることはほとんどないし、少しずつ新しい爪も生えてきている。大した怪我ではなかったのである。

それなのに、なぜ、悪夢に魘《うな》されるのか。

自分では何となくその理由がわかっている。

音松が子供だったからである。

実際には十五歳だったから、本当の子供というわけではなかったが、最初は音松は自分が十歳だといい、新一もそれを信じた。年齢を信じただけでなく、新一は音松の身の上話まで信じた。幼くして二親に死に別れ、殺し屋の手先として利用されている、という音松の言葉を疑いもせずに信じた。

湯が沸いた。湯飲み茶碗に湯を注ぎ、ひとつまみの塩を入れる。ふーふーと湯冷まししながら塩味の白湯《さゆ》を飲んでいるうちに体が温まってきた。そのせいか気持ちが落ち着いてくる。

(健《けん》坊、ちいちゃん……。元気にしているだろうか……)

音松の話を聞いて、新一の脳裏には、久しく思い出すこともなかった健吾《けんご》と千代《ちよ》の兄妹の記憶が甦った。音松から健吾と千代を連想したとして、なぜ、そのことが悪夢となって新一を苦しめるのかといえば、それは新一の後ろめたさのせいであった。

十年前、新一は大坂を逃れた。闇の組織を裏切って山村検校の怒りを買い、刺客に命を狙われたのである。健吾と千代は新一の知り合いだったというに過ぎない。にもかかわらず、巻き添えになって母親を刺客の手で殺されたのである。頼るべき身内もいない兄妹を連れて新一は大坂からの脱出を試みたのである。連れは、もう一人いた。お袖《そで》という女で、お袖もまた新一と関わったために人生の道行きを大きく狂わされた不幸な女であった。追っ手をかわしながら、新一たちは四人で逃げたのである。

かろうじて大坂から逃げ出すことはできたものの、その後も追っ手の影に怯える逃避行が続いた。お袖が病に倒れ、呆気なく死んだのは三年後である。木曽川《きそがわ》下流の、伊勢湾に面した寂《さび》れた漁村のあばら屋で息を引き取ったのである。そのとき、健吾は十歳、千代は七歳であった。二人とも旅の生活に疲れ切って瘦《や》せ衰えていた。たまたま、お袖が最初に死んだが、それが健吾や千代であっても少しも不思議ではなかった。もはや、三人で旅を続けるのは無理だと新一は見切りをつけた。その漁村で、新一たちは中年の漁師夫婦の家に厄介になっていた。人はいいが貧しい家である。その夫婦には子供がいなかった。健吾と千代が眠ってから、新一は懐の有り金すべてをその夫婦に差し出し、兄妹を引き取ってくれないか、と頼んだ。その頼みを快く承知してくれたのは、ひとつには五両ほどの金に目がくらんだせいであったろうし、夫婦に子供がいなかったせいであったろうし、あと二年もすれば、健吾が立派な働き手になると期待したせいでもあったろう。

その夜、新一は、その漁村を後にした。

その家で暮らすことが健吾と千代にとって、本当に幸せなことなのかどうか、新一にはわからなかったが、刺客の影に怯え、旅から旅へという根無し草のような暮らしを続けるよりは増しだと思ったのである。新一自身、いつまでも追っ手をかわし続けられるはずもなく、いつかは刺客の手にかかって殺されるだろうと覚悟していた。ある日、突然、見知らぬ土地で新一が殺されれば、その瞬間に二人の兄妹は誰一人頼る者のいない広い世間の荒波に投げ出されることになる。

そうなる前に、新一は、二人が安心して暮らすことのできる場所を見付けてやりたかったのだ。まさか、その後、七年も自分が生き延びようとは想像もしていなかったのである。

音松に襲われたことが、兄妹を捨てたという新一の後ろめたさを刺激し、悪夢となって新一を苦しめるのであろう。

(健坊が十七、ちぃちゃんが十四か。生きていれば、な……)

新一は、もう冷め切っている白湯を口に含んだ。

二

「ごめんなさいよ」

腰高障子が引かれる。

土間に踏み込んだ三平が、

「あれ？」

と怪訝そうな顔をした。

身繕いをした新一が板敷きに蹲っているのである。

「新一さん、もう起きてるのかい？」

「ああ」

「へえ、随分と早起きじゃないか。それなら、おれが迎えに来る必要もなかったかな」

朝が苦手な新一のために、わざわざ三平が迎えに来たのである。

「すぐに出られるかい？」

「うむ」

新一が立ち上がる。

いつもに比べると懐が重い。普段は財布には大して入っていない。金と銀の小粒をいくつか、それに何枚かの銭、そんなものである。

しかし、音松の一件があってから、外出するときには常にまとまった金を持ち歩くようにしている。新一の高飛びを防ぐために、音松が新一の留守中に部屋を物色し、隠していた金を盗み取った。運良く畳に埋め込んでいた二十両は見付からずに済んだものの、それ以外の十七両を奪われた。残った二十両が新一の命綱といっていい。どこに行くにも金がかかるわけで、文無しでは逃げようもないのだ。思案の末、二十両をふたつに分け、十両はそのまま畳の中に隠し、あとの十両は外出時に持ち歩くことにした。裏店にいても油断ができない以上、いざというときには外出先から、そのまま江戸を捨てる覚悟なのだ。音松の一件は、それほどに深刻な衝撃を新一に与えたといっていい。

体が重く感じるのは財布のせいだけではない。

珍しく三味線まで背負っているのである。

もちろん、まともな三味線ではない。殺しの道具である。普通、三味線に張る三本の弦は絹糸でできているが、この三味線の三の糸は細い鉄と麻を縒ったものだ。標的を絞殺するときに使うのである。

更に海老尾を外すと棹が胴から離れ、仕込んであるドスを取り出すことができる。撥にも仕掛けがあって、才尻から三寸ほどの刃が飛び出す仕組みだ。

いつものように鍼灸道具と義甲も持っているし、毒入りのもぐさまで用意してある。

「何だか旅にでも出るような物々しい格好だね」

と、三平が驚くのも当然であった。

「厄介な相手だと聞いているからな。ま、用心するに越したことはないだろうよ。それじゃ、行くか」

裏店の木戸を潜ると、

「早起きは三文の得、なんてことを言うけど、今日は何かいいことがあるのかねえ。おれも、朝はそんなに早い方じゃないから、たまに早起きしたときくらい、いいことがあるといいんだけど」

えへへへっ、と三平が笑う。

「朝っぱらから、何をべらべらしゃべってやがる。ゆうべの酒でも残ってるんじゃねえのか」

「かもしれないけどね……。うーっ、寒い。やっぱり、明け方は冷えるぜ。風邪を引いちまいそうだ」

三

「新一さん、こっちだよ」

三平が土手を下りていく。橋の袂に舟が用意してあるのだ。

「……」

新一は土手の上に突っ立ったままだ。

「どうしたんだい？」

「舟に乗るのか……」

「新一さんの舟嫌いは承知してるけど、少しの間、辛抱してくんなよ」

「おれだけじゃねえ。舟の好きな盲人なんかいるもんか。うっかり水に落ちたらイチコロじゃねえか」

「水の中で目が見えないってのは不自由だもんなあ。想像するだけで恐ろしいや」

「目の見える者にはわからねえことさ」

不機嫌そうな顔で新一が土手を下りて舟に乗り込む。

「じゃあ、頼むぜ」

三平が船頭に声をかけると、舟がゆっくりと動き出す。

「ああ、舟の上も冷えるなあ。川風が冷たいや。綿入れをもう一枚、重ね着してくればよかった。くそっ、せめて酒でも用意してくれればなあ。何だか、腹も減ってきたし。新一さんは何か食べたのかい？」

「うるせえ。おしゃべりばかりしないで、少しは黙ってろ」

「何だか、今日は機嫌が悪いなあ。わかったよ、黙ってればいいんでしょう。黙りますよ。黙りますって」

新一の不機嫌の虫が三平にまで伝染《うつ》ったらしく、三平は大袈裟な溜息をつくと、口をへの字に曲げて黙り込んだ。

「……」

どうにも虫の居所が悪く、三平にまで八つ当たりしてしまう。ゆうべの悪夢が原因なのだと新一にもわかっている。音松の出てくる悪夢そのものがどうということではなく、その悪夢を見たことによって、しばらく思い出すこともなかった健坊とちいちゃんの記憶が甦ったことが新一を憂鬱《ゆううつ》にさせているのである。二人を漁村に置き去りにしたことが罪の意識となって新一を苦しめるのだ。

四

新一と三平を乗せた舟は、大川から竪川《たてかわ》に入る。

朝日を浴びて青黒く乱反射する水面を、一ツ目橋、二ツ目橋、三ツ目橋と順繰りに潜りながら、東に向かってゆっくりと滑っていく。

（舟は楽でいい）

水が恐ろしいから舟に乗るのは好きではないが、遠くに行かなければならないときには楽である。舟に乗ってからしばらくの間は、三平の言うように冷たい川風で歯の根も嚙み合わないほどだったが、日が昇って日差しが強くなるに従って少しずつ気温も上昇してきた。竪川に入ってから間もなく、三平の口から寝息が洩れ出した。新一が話し相手にならないので退屈して眠ってしまったのであろう。

三平の饒舌《じょうぜつ》に苛立《いらだ》ちを感じた新一だが、何もしないで黙り込んでいると、また憂鬱なことを思い出してしまう。新一は、これからやらなければならない仕事の内容に思考を集中させせようとした。

いつもならば、誰それを始末しろ、というのが森島検校の指図だが、今回は違っている。人を守れ、というのである。

女が一人、それに子供が二人。

その三人の母子を、新一一人ではなく、藤一と共に守るというのが与えられた使命である。三日前の晩、三平から話を聞かされたとき、

「おかしな仕事だな」

と、新一も小首を傾げた。

母子三人は亀戸《かめいど》村の農家に匿《かくま》われていて、農家の周囲には腕利きの用心棒たちが何人も配置されているという。その上で、更に新一と藤一を三人のそばに置くというのである。

「随分と念の入ったことだな」

新一が怪訝に思うのも当然であった。いくら念を入れたとしても、それで十分ということはないだろうさ……」

「何しろ、相手が相手だからねえ。いくら念を入れたとしても、それで十分ということはないだろうさ……」

三平は、その母子の命を狙っているのは水蜘蛛組なのだ、と言った。

「水蜘蛛組か」

「知ってるかい？」

「ちょっと噂を耳にしたことがあるだけだ。荒っぽいことをするらしいな」

水蜘蛛組というのは、古くから江戸に根を下ろしている組織で、一説には明暦《めいれき》の大火で焼け出され、孤児となった貧しい少年たちによって創始されたというから、その起源は古い。しのぎの柱はふたつで、高利の金貸しと禁制品の売買である。

江戸の闇社会において、水蜘蛛組の際立った特徴は、その荒っぽさにある。組織を裏切ると本人だけでなく家族も皆殺しにしてしまうのである。それ故、水蜘蛛組を裏切る者など滅多にいないが、だからといって皆無ではない。金貸しにしろ、禁制品の売買にしろ、一度に莫大《ばくだい》な金額が動くので、大金に目がくらんで組織を裏切る者が出るのだ。

今回、新一が、

「命を守れ」

と指示された母子三人は、水蜘蛛組を裏切った者の家族なのである。

その裏切り者は吉右衛門《きちえもん》という三十代半ばの男で、金貸しの業務に関わる帳簿管理を任されていたのだという。いつの頃からか帳簿をごまかして私腹を肥やすようになり、その額は数千両にもなるという。

ごまかしが明るみに出るや、直ちに刺客が吉右衛門の家に差し向けられた。その日がやって来ることを吉右衛門も覚悟していたのであろう。別の組織に自分と家族を守ることを依頼した。その依頼に要したのが二千両というから途方もない。

ところが、二千両で吉右衛門と家族を守ることを請け負った組織が、水蜘蛛組の手強さに音を上げて手を引くことになった。その仕事を森島検校が引き継いだというわけであった。新一たちは母子三人を水蜘蛛組の刺客の手から守り、いずれ一家を舟で木更津《きさらづ》に送る手筈になっている。吉右衛門の妻を加代《かよ》といい、加代の実家は上総《かずさ》一帯を縄張りとする香具師《やし》の元締めである。そこまで逃げてしまえば、水蜘蛛組も迂闊には手を出すことができないということらしかった。約束した金額を吉右衛門が森島検校に支払えば、直ちに一家は舟で木更津に向かうことができる。そのために吉右衛門は、用心棒たちに守られながら、江戸市中のあちらこちらに隠した金を掻き集めている。

従って、新一の仕事は、吉右衛門の金集めが捗《はかど》れば半日で終わる可能性もあり、また逆に金集めが捗らなければ、何日も亀戸村の農家に足止めされることを覚悟しなければならなかった。

五

やがて、新一と三平は舟を下りて田舎道を歩き始めた。

「ん？」

新一が立ち止まり、塗木玉杖をぎゅっと握り締めた。この杖には刀が仕込まれている。

「周りに人がいるな。一人や二人じゃないようだ」

「さすがだね、新一さん。うまく姿を隠しているつもりで、実際、おれの目には誰がどこにいるのかわからないけど、新一さんにはわかるわけだ」

あははは、と三平が愉快そうに笑う。

「気配を感じる」

「心配しなくても大丈夫だよ。これは味方だから」

「味方か……」

「敵だったら、とっくに襲ってきてるはずさ。おれが誰なのかわかってるから何もしないんだ」

三平には新一の用心深さを笑う余裕がある。

「その割には、むんむんと殺気を感じるな。本当におれたちが味方だとわかってるのか？」

「脅かさないでくれよ」

三平が気味悪そうに周囲を見回す。ちょっと心配になったようだ。人影は見えないが、どこかに身を隠し、じっと息を殺して新一と三平を見つめている者たちがいるのだ。

「その農家は、まだ遠いのか？」

「もう見えてるよ。あと一町くらいだね」

「それじゃ急ごう。もし襲われたら、立ち止まらずに農家に向かって走れ。おれを当てにするんじゃねえぞ」

「わかった」

三平がごくりと生唾《なまつば》を飲み込む。

また二人が歩き出す。

いきなり脇の茂みから何かが飛び出してきた。

三平は、うわーっと叫びながら、農家を目指して走り出す。

茂みから現れたのは、うさぎであった。新一にしても目が見えないわけだから、それがうさぎだとわかっていたわけではないが、何も怪しい気配を感じなかったし、茂みの揺れ方が人間の動きにしては小さすぎるから、

（まあ、狸かうさぎの類だろう）

と見当を付けたのである。

「臆病な奴だ」

舌打ちして、新一も歩き始める。道案内役の三平はいなくなってしまったが、相変わらず三平は叫び続けてるから、その声を頼りにすればよかった。

六

新一が土間に入ると、

「よく来たな」

囲炉《いろり》裏端《ばた》から声がした。

「ああ、藤一さん」

新一が上がり框に腰を下ろす。藤一は森島検校配下の老練な殺し屋座頭である。藤一と二人で、この農家に泊まり込むことになっている。

「新一を置き去りにして、自分だけ逃げてくるとは役に立たない道案内だな」

「すいません」

面目なさそうに三平が頭を掻く。

「いいんですよ。わたしが逃げるように言ったんですから」

「まあ、この男じゃ、そばにいても大して役に立たないだろうからな。おい、三平。新一にすすぎを用意してやれ」

「はい」

手桶に水を汲んで、新一のところまで持っていく。

その水で足を洗いながら、

「表にいる者たちが随分と殺気立っているようですね」

新一が藤一に訊く。

「気が付いたか。さすがだな」

「ええ」

「今朝、夜が明ける前に二人やられた」

「水蜘蛛組にですか？」

「そうだ。こっちの様子を探りに来たんだろう。相手は一人だったが、なかなか腕が立つ者だったらしい。こっちは一人が殺され、一人が大怪我をした。その一人も、まだ死んではいないが、わしの見立てでは、たぶん、死ぬだろう。ひどい怪我だった」

「検校様が腹を立てるでしょうね。出だしから、いきなり二人もやられたんじゃ」

「それくらいの覚悟はしているだろう。それに見合った礼金を受け取るわけだしな」

「三人は、どんな様子ですか？」

「母親は病気で床に臥《ふ》せている。子供が二人、上が男の子で八つ、下が女の子で四つだ。この家から一歩も外に出られないから、さぞ退屈しているのだろうが、意外におとなしくしている」

「……」

「どうかしたか？」

突然、新一が黙り込んだのを藤一が不審に思ったらしい。

「いや、別に……」

新一は首を振ったが、内心、動揺していた。兄が八つで妹が四つ、七年前に置き去りにした健吾と千代の兄妹と同じような年格好ではないか。

（嫌な偶然だ……）

新一が顔を顰める。

「名前は……」

「ん？」

「いや、その兄妹の名前ですが」

「さあ、知らないな。早く上がれ。うちの中を、ざっと案内しておこう。間取りが頭の中に入っていないと、いざというときに困るだろうからな」

「そうですね。お願いします」

新一が板敷きに上がる。

「三平、その間に飯の支度でもしておけ。米とか味噌とか、四、五日分の食料が用意されているはずだ。それも確かめておけ」

「飯は、おれたち三人分だけでいいんですか?」

「六人分だよ。母親は具合が悪いから普通の飯じゃなく、粥《かゆ》にでもしてやった方がいいだろうな」

「子供たちは、どうします?」

「わしらと同じでいいさ」

「わかりました」

「この家には六人だけですか?」

新一が訊く。

「そうだ。母親と子供たち、飯炊きの三平、それにわしら二人だ。もちろん、外には用心棒たちがいる。たぶん、十人くらいいるだろう。それほど広い家でもないから、大人数が詰めても息苦しいだけだ。それに、夜になって明かりを消してしまえば、目の見える者など何人いても役には立つまい」

「そうですね」

「間取りと、家財道具がいくらかあるから、その場所を頭の中に入れておいてもらおうか」

藤一が立ち上がる。

部屋数は多くはない。囲炉裏端の板敷きの他には三間あるだけである。ただ、その配置であるとか、部屋の中にある家財道具の位置とか、そういう細かいことを頭の中に入れておかないと、敵に襲われたときに動きようがない。戦っている最中に家財道具に足を引っかけて転んだりすれば、それが命取りになりかねないのである。

「で、最後が、ここだ」

藤一が板戸を開ける。母子三人がいる、最も奥まったところにある部屋である。

(ん？)

新一が小首を傾げ、小鼻をひくひくと動かす。聴覚と嗅覚を頼りに、部屋の中の様子を探っているのだ。閉め切っているせいか、部屋の中に澱んでいる空気は、どんよりと生暖かい。しかも、微かに血の匂いが混じっている。

(労咳《ろうがい》か……)

病で寝込んでいるという母親が血を吐いたのであろうと新一は見当をつけた。

「よほど悪いようですね」

「うむ。だいぶ進んでいるらしい」

本当は、こんなむさ苦しい農家などに寝ているのではなく、きちんとした医者に診《み》せなければならないのだろうが、それはできない相談だからな、と藤一は囁き声で言った。部屋には他にも人の気配がある。子供たちであろう。母親の病について話す内容が子供たちの耳に入らないように藤一は気を遣ったのだ。

「あまり具合が悪そうなので鍼灸を施してやったが、まあ、気休めというところだろう。早く片が付けばいいのだろうが、わしらがどうこうできることでもないしな……」

この農家に何日も隠れ潜んでいれば加代の命が危ない。水蜘蛛組にやられる前に病で死ぬかもしれない、藤一は、そう言いたいらしかった。新一にも、その意は十分に伝わった。

「あ」

何かに驚いたような小さな声がした。その声に続いて、板敷きを踏んで、新一の方に近付いてくる音がする。

「ねえ、おじちゃん」

舌足らずのかわいらしい声だ。

「わたしかい？」

新一が腰を屈める。

「わたし、お菊《きく》っていうの。おじちゃんは？」

「新一だ」

「おじちゃん、目が見えないの」

「うん」

「だって、目が白いもんね。わたしと違うもの」

「……」

「お面をつけてるの？」

「いや、そうじゃないんだけどね……」

「それなら、それが本当の顔なの？」

「そうだよ」

「うそ」

「いや、嘘じゃないよ。本当の顔だ。お面なんかつけてない」

「だって、そんな顔の人なんかいないわ。見たことがないもの。怖そうなお面に違いないわ。本当だって言うんなら、ちょっと触ってもいい？」

「……」

さすがに新一が黙り込む。

そのとき、

「お菊、こっちに来い」

男の子の声がした。

「うちのお兄ちゃん。慎太郎《しんたろう》っていうの。わたしは四つ、お兄ちゃんは……」

「お菊」

慎太郎の鋭い声がした。

「兄ちゃんも、こっちに来てよ。少しくらい、おっかさんのそばを離れたって平気よ。ほら、見てよ。これが本当の顔なんだってよ、この人」

「こっちに来るんだ」

「ぶーっ」

「……」

お菊が口を尖らせて膨れっ面をしている姿が新一には想像できた。ぺたりぺたりと板敷きを踏んで、お菊が新一から離れていく。

「この部屋は、もういいだろう。こんなところまで踏み込まれるようでは……」

「ええ、そうですね」

新一がうなずく。もし水蜘蛛組の刺客がこの部屋にまで入り込むようなことがあれば、そのときには新一も藤一も生きてはいないであろうから、この部屋の間取りや家具の配置を頭に入れても無駄だということであった。

二人は部屋を出た。

「子供というのは怖いもの知らずだな」

「よほど退屈なんでしょうよ」

新一は面白くもなさそうに答えた。

七

「この飯、いやに固いな。まだ芯《しん》が残ってるんじゃないのか」

「火から下ろすのが少しばかり早すぎましたかね。すいません。やり慣れてないもんですから」

えへへへっ、と三平が笑う。

箱膳の上には、飯の他には大根の漬け物と焼き味噌があるだけである。三平にすれば、それで精一杯だったのであろう。

「飯くらいしか楽しみがないというのに、肝心の飯炊きがこれでは話にならんな」

藤一は渋い顔で飯を口に運ぶ。

「……」

新一は、それほど食にうるさいわけではないが、それでも、

（なるほど、これはまずい……）

と思わざるをえなかった。

「粥も、さぞ、ひどい出来だったろうな」

藤一が言うと、

「ああ、大丈夫ですよ。どうせ食べられないでしょうから」

音を立てて大根を嚙みながら、三平が答える。

「そんなに具合が悪いってことか？」

新一が訊く。

「だって、飯を食うとか、そんな話じゃありませんよ。もう半分くらい死んでるって感じですかね。飯の支度をするより、棺桶《かんおけ》の用意でもした方がいいんじゃないかなんて……」

突然、三平が黙り込んだ。

「ん？」

新一が肩越しに振り返る。

人の気配を感じたのである。

「あ、ああ……もう食ったのかい？」

三平の声が上擦っている。どうやら慎太郎とお菊が食べ終わった食器を片付けに持ってきたらしい。

「馬鹿めが」

忌々しそうに藤一が舌打ちする。

「……」

目が見えなくても、いや、目が見えないからこそ、新一には、慎太郎とお菊の兄妹が三平の言葉に大きな衝撃を受けたことがわかった。三平の言葉には、取り立てて悪意などなく、ごく自然に何の気なしに無神経な言葉が口から出てしまったに過ぎないのだが、だからこそ、その言葉は、兄妹にとっては深刻なのだ。誰が見ても、もう母親は助かりそうにないという宣告だったからである。

「うっ……」

お菊が涙ぐんでいる。

咄嗟に新一は、

「三平、竈《かまど》のそばに薪《たきぎ》が積んであるだろう。そこからできるだけ薄い板きれを何枚か探して持ってこい」

と口にした。

「え、板きれ？」

「早くしろ」

新一が尖った声を出すと、三平は慌てて立ち上がった。

「お菊ちゃん、こっちにおいで」

新一が呼ぶ。

だが、お菊は何か警戒しているのか、それとも兄の慎太郎に留められているのか敷居際に立ち止まったまま新一に近付こうとはしない。

　そこに三平が、

「これでいいかい」

　と数枚の板きれを持ってきた。

「匕首も貸しな」

「え。何をするんだい？」

「いいから出せって。持ってきたんだろう」

「まあ、念のためにね」

　三平が懐から匕首を取り出して新一に手渡す。

　新一は左手に板きれ、右手に匕首を持ち、何やら作業を始めた。

「ほら、できたぞ」

　細工した板きれに穴を開け、そこに箸を差した。その箸を両手で挟んで、くるっと回す。

　竹とんぼである。板きれが、ふわっと飛び上がる。

「まあ」

　お菊が驚きの声を発する。

「やってみるかい？」

「うん、うん」

梁《はり》にぶつかって落ちてきた板きれを拾って、お菊が新一のそばに走り寄ってくる。

「どうすればいいの？」

「板の真ん中に穴があるだろう。そこに箸を差して、両手で回せばいいんだよ……」

お菊に説明をしながら、新一は手許で別の板きれを細工している。

「兄さんもやってみるか？」

「おれ、いいや」

慎太郎は遠慮している。

「うまくできない」

お菊が両手で箸を回そうとするが、回し方が遅すぎて板きれが飛ばない。何度も飛ばし損なうと、

「お兄ちゃん、できないよ」

「下手くそだなあ」

そろりそろりと慎太郎が近付いてくる。好奇心を抑えきれなくなったようである。

「ほら」

新一が細工した板きれと箸を慎太郎に渡す。

慎太郎がやってみると、板きれがふわっと飛び上がった。

「あ、ずるい、お兄ちゃん。どうやったのよ。教えて、教えて」

「簡単さ。こうすればいいんだ」

慎太郎が自慢げにお菊に竹とんぼの飛ばし方を教える。二人は夢中になって遊び始める。三平の無神経な言葉に落ち込んだ子供たちの心が新一のちょっとした機転によって明るさを取り戻したのである。

この程度のおもちゃに夢中になって笑い声を上げる慎太郎とお菊が哀れであった。病気の母親に付き添って、外に出ることも許されないという生活は、やはり、子供たちにとっては過酷なものなのに違いない。新一は胸が痛んだ。

（健坊とちいちゃんも、そうだったな……）

十年前、大坂から逃げ出してから、追っ手の影に怯える辛い日々が続いた。新一自身は自業自得と諦めるしかなかったが、巻き添えになった健吾と千代はまだ幼いこともあり、辛さに耐えきれずによく泣いた。そんなとき新一は、何とか二人を喜ばせたいと思い、竹とんぼや弥次郎兵衛を拵えてやったのである。最初はうまくできなかったが、何度も失敗を繰り返すうちに上達した。その経験が思わぬところで役に立ったというわけであった。

「へえ、新一さんて器用なんだねえ。人は見かけによらないって言うけど本当だ」

三平が感心したように言う。

（馬鹿め。てめえのせいだろうが）

そう言いたいのを、新一は我慢した。

藤一は苦い顔をして黙々と飯を食っている。

八

「三平、茶を淹《い》れてくれ」

　藤一が言う。

「茶なんか、あったかなあ。見当たらなかったようですけど……」

「ほら。茶は自分で持ってきた」

　持参した手荷物の中から茶の包みを取り出し、三平の方に放り出す。

「けど、湯が沸いてませんよ」

「湯ってのは水を沸かせばできるんだよ。この家にいる間は、ただの飯炊きっていうだけじゃねえ。わしら二人の小間使いもするんだ。億劫《おっくう》がるんじゃねえよ」

「すいません」

「ついでに井戸から水も汲んでおけ」

「え。水もですか」

「今夜と明日の朝の飯炊きにも使うだろうし、わしらが体を拭ったりすれば、あんな水甕、すぐに空になっちまう。明るいうちにやった方がいいぞ。暗くなってからでも構わないというのなら別だがな……」

「やります、やります」

三平が慌てて立ち上がる。いつ水蜘蛛組の刺客が襲ってくるかもしれないというのに、日が暮れてから呑気に水汲みなどしたいはずがなかった。せめて明るいうちにやる方が少しは安心できると三平も思うのであろう。

「茶を淹れるのは水汲みが終わってからでいいですか？」

「ああ、構わんさ」

藤一がうなずくと、三平は土間に下り、水を運ぶ樽《たる》を手にして外に出ていった。

「どうしたんですか、藤一さん？」

新一が訊く。藤一が三平に言いつけたことは、別に急ぐようなことではない。囲炉裏端から三平を追い払い、新一と二人になるための口実に違いないと新一は察したのである。

「何か話があるんでしょう、わたしに？」

「以前、常磐津師匠に一年殺しの鍼を打ったとき、わしがあんたに忠告したことを覚えているか？」

「はい」

新一がうなずく。

そのとき藤一は、こう言ったのだ。

「あんたはいい腕をしているが、ちょっとばかり気持ちに優しいところがあるようだ。人から聞いた話では、大坂で山村検校と揉めたのも、その人のよさのせいらしいじゃないか。この世界で長く生き続けるには優しさは邪魔なだけだ。時には命取りになるぞ」

と。

「お節介だと承知してるんだが、さっき、あんたが子供たちと遊んでいるのを見て、いや、見えないから本当に見てるわけじゃないが、まあ、横で様子を聞いていて、何だか、また余計なことを言いたくなっちまってね」

「あの子たちとあまり深く関わるな、そうおっしゃりたいんでしょうね」

「子供たちの名前を、さっきまで、わしは知らなかった。お菊と慎太郎、そんな名前だったようだな」

「ええ」

「知りたくなかったな。名前なんか知らない方がいい、できれば口も利かない方がいい、そう思わないか？」

「情が移るからですか？」

「今は、あの子たちと母親を守っている。だが、検校様の胸ひとつで、今度はあの三人を殺せと命じられるかもしれない。そう命じられたら、あんたにできるかね？」

「……」

「わしらがここにいるのは金のためだ。あの子たちを守ることを検校様が請け負ったから、ここにいる。つまり、金次第でどうにでも転ぶという話で、わしらが手を下さなくても、あの子たちを見殺しにする羽目になるかもしれない。だって、そうだろう。わしらがここから引き揚げれば、あの子たちは死んだも同然だ。あんた、平気かね？　さっきの様子を見て、何だか心配になってきたよ」

「検校様は、あの子たちを見捨てますか？」

「だから、金次第だと言っただろう。わしは、あんたよりも、ずっと検校様のことをよく知っている。大坂の山村検校のことは噂に聞くだけで、直接は知らないが、うちの検校様と比べて、取り立てて腹黒いとも思えない。こういうことをやっていれば、みんな、似てくるんじゃないのかね。山村検校と衝突して大坂から逃げ出したあんたのことだ。いずれ検校様と衝突してもおかしくはない」

「なぜ、突然、そんなことを言うんですか？　この二年、わたしはうまくやってきたつもりですが」

「その間に、こんな仕事はなかったはずだ。相手のことなど何も知らずに夜道でばっさりやっちまうような仕事ばかりだったろう。情が移るはずもない。だが、今度は、いつもとは勝手が違う。相手を始末するんじゃなくて、刺客から守らなければならないし、一緒にいる時間も長い。その上、子供が二人もいる。よほど気を引き締めておかないと、妙な肩入れをすることになっちまうぜ」

「心配して下さるのはありがたいんですが……」

「水蜘蛛組のことを、どれくらい知ってる？」

藤一は新一の言葉を途中で遮った。

「やり方が荒っぽいということは聞いています。裏切り者の家族は皆殺しにされてしまうとか……」

「そうだ。水蜘蛛組の荒っぽさは有名だ。組を裏切ると、本人だけでなく家族まで殺される。腰の曲がった年寄りだろうと、襁褓《むつき》にくるまれた赤ん坊だろうと容赦はない。ことごとく首を刎《は》ねる。その首をどうするか知っているか？」

「刎ねて終わりじゃないんですか？」

「違うさ。刎ねた首を棒の先に突き刺して、その棒を家の前に並べるんだよ。組を裏切ると、こういう目に遭うんだぞ、という見せしめにな。それが水蜘蛛組のやり方だ。反吐《へど》が出る。わしだって人でなしだが、あそこまでひどくはない」

「……」

「水蜘蛛組の結束が固いのも、そのせいだろう。自分だけでなく、家族までそんな酷い目に遭わされるとわかっていれば、ついつい出来心で組を裏切るなんて真似はできないだろうからな。だからといって、裏切り者がいないわけじゃない。水蜘蛛組は金貸しと禁制品の売買で途方もない大金を動かしているから、その大金に目がくらんでよからぬことを企む者も出てくる。うまくやれば逃げ切って、どこか他の土地で大尽暮らしができるなんて夢を見てしまうわけだ」

「あの子たちの父親もそうだったというわけですか?」

「そういうことだ。自分と家族の命を危険にさらしてもいいと思うほどの大金を盗んだんだろう。どんな男か知らないが馬鹿な真似をしたものだ。どんな大金にしろ、所詮、金じゃないか。命と引き替えられるほど大切なものかね? 地獄に金を持っていくわけには行かない。金ってのは、死んだら使うことができない」

「わたしにはよくわかりませんが……」

「よりによって水蜘蛛組を裏切るとはな。わしの知る限り、水蜘蛛組を裏切って逃げおおせた者はいない。あの三兄弟は蛇のように執念深いからな。裏切り者を決して許しはしない。金に糸目を付けず、それこそ地の果てまで追っていくだろう」

「三兄弟?」

「知らないのか?」

「そこまでは」

新一が首を振る。

「水蜘蛛組は古くから名前の知られた組だが、以前は、こんなに荒っぽくはなかった。三兄弟が組を率いるようになった十五年くらい前から、やり方も荒っぽくなり、それにつれて組も大きくなった。噂では、前の頭《かしら》は三兄弟に消されたらしい。もっとも、そんなことを人前で口にする者はいない。三兄弟の耳に入ったら命がないからな」

「初めて聞きました」

「三兄弟の真ん中を林蔵《りんぞう》といってな。もう四十近いはずだが、水蜘蛛組の荒っぽい仕事には、大抵、こいつが関わっている。たぶん、今度も林蔵が出張ってくるだろう。手強いぞ。覚悟しておけ」

「覚悟なら、できていますよ」

「水蜘蛛組と戦う覚悟だけじゃない。あの子たちと母親を見捨てる覚悟もしておけということだ」

「本当にそんなことになると考えてるんですか?」

「父親が金を工面すれば、検校様もきちんと約束を守るだろう。うまく工面できるように祈ることだ」

九

暮れ六つ（午後六時頃）に三平が用意した晩飯を子供たちに食べさせた。加代には粥を作ったが、やはり、食欲はないようで、ほんの一口か二口を食べただけで箸を置いてしまった。

　晩飯の後、お菊と慎太郎は新一が拵えた竹とんぼで遊んでいたが、五つ（午後八時頃）過ぎには寝てしまった。子供たちが寝てしまうと、急に家の中が静かになった。新一、藤一、三平の三人は囲炉裏端に腰を下ろした。暗くなっても行灯に火を入れないと決めてあったので、囲炉裏で揺れる炎が発する明かり以外に、この家には明かりがない。そのせいで、ひどく暗い。

「藤一さんや新一さんは、いつもと変わりがないから何とも感じないんだろうけど、おれは何だか妙な気分だなあ」

「何が？」

　新一が訊く。

「自分の手許がぼんやりとしか見えないくらいに暗いからさ、囲炉裏のそっち側にいる二人の顔が宙に浮かんでるような感じでさ。言葉は悪いが、物の怪《け》にでも誑《たぶら》かされているような気がするね」

「馬鹿め。ふざけたことを言いやがって」

　藤一が顔を顰める。冗談を解さない性質らしい。

「することもないし、もう寝ようかなあ。酒でもあれば、気持ちよく眠れそうなんだけどなあ……」

　三平が欠伸をする。

「……」

「……」

　新一も藤一も返事をしない。この農家に籠もっている間は酒を飲まないというのも取り決めのひとつなのだ。台所に焼酎が置いてあるものの、それは飲むためではなく、怪我をしたときに傷口を洗うために用意してあるのだ。薬用なのである。

「先に寝かせてもらっていいですかね？」

「うむ」

「すいませんが、火の番をお願いしますよ」

　掻巻《かいまき》にくるまって、三平がごろりと板敷きに横になる。すぐに三平の口から寝息が洩れてくる。

「新一、わしらも交代で休むことにしようか」

「それなら藤一さんから、どうぞ。わたしは、まだ眠くありませんから」

「眠くないのは、わしも同様さ。いつも夜更かししてるからな」

「わたしたちには昼も夜もないわけですから」

「いつも夜だからな。しかし、二人で起きていても仕方がない。少しでも体を休めておかないと、いざというときに困る。まあ、年を食っている方から休むことにしようか。一刻（二時間）ばかりしたら声をかけてくれ」

藤一も横になる。

三平と藤一の二人が寝てしまうと、静寂が更に深まったように新一は感じた。

半刻（一時間）ほど経った頃……。

背中を丸めて、じっと身動きもしなかった新一が、

（ん？）

と顔を上げた。

奥の部屋から子供の泣き声が聞こえたのである。

（お菊ちゃんか……）

新一は立ち上がって奥に向かった。

板戸を引いて、

「どうした？」

声をかけると、部屋の中でぴたりと泣き声が止んだ。

「怖い夢でも見たのか」

と部屋の中に入ると、まだ微かな啜り泣きが聞こえる。泣き止んだわけではなく、口を押さえて泣き声が洩れないようにしているのだな、と新一にはわかった。四歳の幼女がそ

こまで大人びた真似をするとは思えなかった。

（これは……）

新一は暗闇の中に佇んで、

「お兄ちゃんか」

と呼んだ。お菊ではなく、慎太郎が泣いているとわかったのである。よくよく耳を澄ませば、お菊は静かに寝息を立てているし、加代の口からは苦しげな呻き声が洩れている。

「眠れないのか？」

低い声で訊く。

「おれ……。おれ、どうしたらいいんだろう」

「何がだね？」

新一が慎太郎の枕許に膝をつく。

「おっかさんは病気だし、お父っつあんは戻ってこないし、おれ、おれ……」

「心配しなくても、お父っつあんは戻ってくるよ。あんたたちを迎えに来る。それを信じることだ」

「お父っつあんが戻ってこなかったら……。おっかさんが病気で死んじまったら……」

「そんなことを考えないことだ。悪いことばかり考えても仕方がないだろう。坊やが泣いたりすると、お菊ちゃんも泣いてしまうぞ」

「だから、おれ、昼間は我慢してるんだ。だけど、夜になると、なかなか眠れないし、変なことばかり考えてしまって……。お菊と二人きりになっちまったら、どうしたらいいんだろうって……」

「わかるよ。あんたの気持ちはよくわかる」

新一が慎太郎の手を握ってやる。慎太郎も強く握り返してきた。一人で不安な思いをしていたのに違いなかった。

「お父っつあんが戻るまで、わたしがあんたたちを守ってやる。坊やは何も心配しないことだ。お菊ちゃんの面倒だけを見てやればいい」

「本当に戻ってくるかな、お父っつあん？」

「ああ、大丈夫だとも」

「早く来ないかなあ」

そのとき、表の方で物音がした。人の叫び声も聞こえた。もっとも、ほんの一瞬のことだったから、慎太郎は何も気が付かなかったようだ。

「もう眠るんだよ」

「うん。わかった。おやすみなさい」

「おやすみ」

しばらく、新一は、その場にじっとしていた。慎太郎の手を握ってやりながら、周囲から聞こえてくる物音や声に神経を集中させたのだ。

（来たな……）

やはり、聞こえるのである。刀と刀がぶつかり合う金属音や茂みが揺れる音、その合間に獣の咆哮《ほうこう》のような叫び声が聞こえる。

慎太郎の手から力が抜けた。眠ったのだ。

その手をそっと離すと、新一は立ち上がった。

囲炉裏端に戻ると、

「新一さん」

三平が駆け寄ってきた。

「来たらしいぞ」

藤一は、仕込み杖を抱いて上がり框に坐っている。

「三平、もういいぞ。おまえは竈の陰にでも隠れていろ」

「は、はい」

うなずきながら、三平は囲炉裏の火種に灰をかぶせる。その途端、家の中は墨を流したような漆黒の闇に包み込まれた。三平は、そそくさと竈の陰に蹲って息を殺す。

「藤一さん」

五尺一寸の塗木玉杖を手に、新一が藤一の隣ににじり寄る。

「子供たちは寝てるのか?」

「ええ。坊やが起きてましたが、もう寝ました」

「それはよかった。何とか目を覚まさないように片を付けたいもんだな」

「もう外に……?」

「三平にはよく聞こえなかったようだが、わしの耳にはよく聞こえたよ。斬り合いの音や断末魔の叫び声が、な。あんたにも聞こえただろう?」

「ええ」

新一がうなずく。

「やられたのは、味方ですかね?」

「もう三人くらいはやられただろう。相手は、よほどの腕利きを連れてきているらしい。ん?」

藤一が小首を傾げる。

「匂いますね」

「うむ」

藤一と新一の二人は、外から吹き込んでくる風に微かに血の匂いが混じっているのを敏感に嗅ぎ分けたのだ。

「これで四人くらいはやられたかな。となると、外にいる味方は、あと六人か。それだけの人数では、このうちを守りきることはできまい。そろそろ、相手が踏み込んでくるぞ。用意はいいか、新二」

「はい」

「落ち着いているな。頼もしいぞ」

「お互い様です」

ふふふっと二人が小さく笑ったとき、どんっという大きな音がして板戸が破られた。玄関の板戸はかなり頑丈な造りになっていて、簡単に蹴破《けやぶ》ることができるようなものではない。にもかかわらず、こうもあっさりと破られたということは、丸太のような物をぶつけたに違いなかった。ということは、敵は一人や二人ではない。

外から室内に松明《たいまつ》が投げ込まれた。

三平が木桶に水を汲んで松明の火を消そうとする。

暗闇の中で戦うからこそ、藤一と新一が相手よりも絶対的な優位に立つことができるのであり、室内に明かりがあったのでは、その優位性が失われてしまう。三平にも、それくらいのことはわかるし、藤一と新一が不覚を取るようなことがあれば自分も無事ではいられない。夢中で火を消そうとするのは当然のことであった。

三平が松明に水をかけようとしたとき、また何かが投げ込まれた。足許に転がってきたものに何気なく顔を向けた三平は、

「ぎゃっ」
と叫んで尻餅をついた。
それは人間の生首であった。
しかも、まだ血が滴っている。斬り落とされた直後なのだ。用心棒の首であろう。
「早く、火を消せ！」
藤一が叫んだとき、いくつかの黒い人影が走り込んできた。
「ひ、ひえっ！」
三平が木桶の水を松明にかけたとき、刺客が三平に斬りつけた。三平は床に転がった。
ほんの一瞬でも転がるのが遅ければ、三平の首は胴体から離れていたであろう。
たちまち室内は真っ暗闇になった。
刀と刀がぶつかる音がする。
火花が飛び散る。
（ど、どうなってるんだ……）
床に転がったまま、三平はがたがたと震えた。
何がどうなっているのか、さっぱりわからない。
敵も味方もまったく声を出さないのである。
時折、押し殺したような悲鳴が聞こえるが、どちらがやられたのかわからない。

（ひ）

何やら冷たいものが頭上から降り注いできた。

顔が濡れる。震える手で触ると、べっとりと生臭い液体が手に付いた。血だ。

突然、静かになった。

「……」

三平がごくりと生唾を飲み込む。

「無事か」

藤一の声であった。

「ええ、何とか」

これは新一である。

三平が大きく息を吐く。どっと緊張が緩んだらしい。

「やったんだね、あいつらを」

「安心するのは、まだ早い。表に何人か残っているようだ」

「藤一さん、あいつら……」

新一が口を開く。

「うむ。火をかけるつもりらしいな」

藤一と新一の嗅覚は、家の外で火種が燻《くすぶ》るわずかな匂いを感知したらしい。

「まずいな」

「行きますか」

「そうしよう。じっとしていると、燻《いぶ》り出されてしまう。それでは勝ち目がない」

藤一が言い終わるや、新一と藤一の二人が外に飛び出していった。

三平は、まだ床に這《は》い蹲《つくば》ったまま、じっと暗い戸口を眺めている。人並みの嗅覚しか持たない三平には火の匂いなど感知できなかったし、いくら目を凝らしても火が燃えているのも見えなかったのである。

(どうなってるんだ、いったい……?)

何が起こっているのかわからないことが三平は不安だった。外の様子を窺おうとして体を動かしたとき、何か足にぶつかった。手を伸ばして探ると、誰かが倒れている。刺客の死体に違いなかった。まだ温かい。

「ひ」

三平はまた腰が抜けた。

外から人と人が争う物音や声が聞こえてきた。

ひとしきり物音が続いた後、また静寂が戻ってきた。

やがて、

「おい、三平」

藤一が外から入ってきた。

「片付いたぞ」

「新一さんは……？」

「ここにいる」

藤一の後ろから新一も入ってきた。

「何人やった？」

「二人ですかね」

「わしも二人だ。ということは外で四人、ここで三人やったから、七人始末したということか。わしら二人だけで水蜘蛛組の刺客を七人というのは悪くない。三兄弟が、さぞ、腹を立ててるだろう」

「こっちもかなりやられたようですよ」

「となると、痛み分けか。無事なのは、わしらだけのようだ。怪我は？」

「かすり傷ですよ。心配いりません」

「わしの方はかすり傷とは言えないようだ。手当てしてくれるか」

「いいですとも。三平、囲炉裏に火を熾せ。それから水を汲んでくれ」

「こんな真っ暗じゃ何も見えませんよ。提灯があるから、火を入れてもいいですかね」

「構わねえさ。もっとも、外に水蜘蛛の刺客が生き残っていれば、その明かりを目当てに襲ってくることになるぜ。好きにしなよ」

「ひぇっ」

新一の一言で、三平は明かりを灯す気持ちを失ったらしい。手探りで囲炉裏に火を熾すと、手桶で水を汲んできた。

囲炉裏端で、新一は藤一の傷の手当てをした。かなりの深手である。左の二の腕を骨に達するほどに深く斬られている。用意しておいた針と糸で傷を縫い合わせ、焼酎で傷口をよく洗ってから晒《さら》しできつく縛った。

「簡単で申し訳ありませんが……」

「だいぶ楽になったよ」

そのとき、がたんっという音がして、新一と藤一は、ハッと身構えた。三平は驚きすぎて、板敷きから土間に転がり落ちそうになった。

「おじちゃん」

お菊だった。

「どうしたんだ、お菊ちゃん？」

「おしっこ」

「ああ……」

新一は、ふーっと大きく息を吐いた。

「兄ちゃんとおっかさんは？」

「寝てる。ねえ、おしっこ、もれちゃうよ」

「よしよし、連れていってやろうな」

新一が立ち上がると、お菊がそばに来て新一の手を握った。

十

「新一」

「え」

藤一の鋭い声を耳にして、新一が顔を上げる。

（しまった。つい寝込んじまったか）

負傷した藤一に気を遣い、自ら寝ずの番を買って出たというのに、いつの間にか舟を漕《こ》いでいたらしい。目蓋に仄かな明るさを感じるし、耳を澄ませば雀のさえずりも聞こえるから、もう夜が明けたのであろう。

しかも、外の方で人の気配がする。眠りこけているところを襲われたのではひとたまりもない。新一の背筋を冷たい汗が伝い落ちた。

「水蜘蛛組ですか？」

「わからん」

藤一と新一は刺客の襲撃に備え、仕込み杖を抱いて身構える。

外の方で、

「おーい、わしだ。心配しなくていい」

「三平、ちょっと覗いて見ろ」

「はい」

三平が恐る恐る入り口に近付いていく。板戸は、昨夜、打ち破られたままになっている。

「あ、別当様」

「何だと？」

「島岡別当様です」

「派手にやったようだな」

小者を引き連れ、杖を頼りに島岡別当が土間に入ってくる。島岡別当は、森島検校の右腕と言われる実力者である。

「どうなさったんですか、別当様？」

藤一が訊く。

「おまえたちは、よくやってくれた。検校様もお喜びになっておる」

島岡別当が上がり框に腰を下ろす。

「大変な夜だったようだが、今夜はゆっくり休むがいい。手当も弾んで下さるはずだ」

「ここから引き揚げるという意味ですか？」

　新一が訊く。

「そういうことだ」

「では、あの家族を舟で木更津に……」

「それはいい。おまえたちには関わりのないことだ。荷物をまとめて、さっさと、ここを出るがいい」

「お待ち下さい」

「何だ？」

　島岡別当が不快そうな表情で新一の方に体を向ける。

「父親が金を払えば、あの母子を木更津に送る。そういう約束になっていたのではありませんか」

「新一、よせ」

　藤一が止めようとするが、新一は耳を貸そうとしない。

「その約束は、きちんと守られるんでしょうね？」

「おまえごときが口を出すことではない。慎め」

「納得できるまで、わたしは、ここを動きません」

「おい、藤一。どういうことだ、これは？　この男は、何を思い上がっている」

「別当様がおっしゃったように、ゆうべはひどい有様でした。わたしたちが生きているのも運がよかったからでして……。わたしなども、ひどい怪我をしました。新一も気が立っているのでしょう」

「なるほど、そういうことか。血が荒ぶっているわけだな。確かに、水蜘蛛組は手強かっただろうからな。この農家の周りに配した者たちも腕利き揃いだったが、手負いでない者は一人としておらず、何人もが命を落とした。こんなことは初めてだ。おまえたち二人がいなければ、あの母子は死んでいただろう。二人で水蜘蛛組の刺客を何人斬った？」

「たぶん、七人」

藤一が答える。

「そのせいだろうな。水蜘蛛組の方から手打ちを申し入れてくるとは珍しいこともあるものよ、と検校様も驚いていた」

「手打ちですか？」

新一だけでなく、これには藤一も驚いたようだ。

「うむ」

「だから、引き揚げるがいい。もう水蜘蛛組と殺し合う必要はない。おまえたちの役目は終わった」

「父親は、どうなりましたので？」

新一が訊く。

「……」

「水蜘蛛組に渡したんですね？」

「……」

島岡別当は不機嫌そうに黙り込んだままだ。

「ねえ、新一さん。もういいじゃないか。帰ろうぜ。丸一日の稼ぎとしては悪くなかったじゃないか。あの子たちとだって、昨日、会ったばかりの赤の他人だぜ。すぐに忘れちまうさ」

三平が新一の袖を引く。険悪な雰囲気を感じ取り、何とか、この場を丸く収めようというのであろう。

「おまえは黙ってろ」

新一は三平の手を振り払う。

「検校様や別当様は、水蜘蛛組のやり方をご存じでしょうね？　あの連中が組を裏切った者をどういう目に遭わせるのか」

「それが何だ？　わしらには関わりのないことだ」

「父親は仕方がないでしょう。どんな目に遭ったとしても、組を裏切った罰だと諦めるしかない。だが、子供たちや母親に何の罪があるんですか？　なぜ、父親の犯した罪のせいで、あの子たちまで酷い死に方をしなければならないんですか」

「もういい。藤一、行くぞ。三平、支度はできているな」

島岡別当が立ち上がる。

「はい」

三平がうなずく。

「こいつ、きれいごとばかり言いおって。それほど、あの母子が心配ならば、ここに残ればよかろう。おまえが守ってやるがいい。この農家は、もう水蜘蛛組に囲まれている。たった一人で戦うことになるぞ」

「そうさせてもらいましょうか。わたしも、そろそろ、森島検校のやり方が鼻についてきたところでしてね。大坂の刺客から守るという約束も、このところ、さっぱり守ってもらえないし、おとなしく言いなりになっても、安くこき使われるだけで、何もいいことなんかありませんしねえ」

「本気で言っているのか？」

「ええ。冗談を口にするほど面白味のある人間じゃありませんから」

「いいだろう」

島岡別当がうなずく。

「検校様を裏切れば、おまえには死が与えられる。ふんっ、ここで水蜘蛛組の手にかかって死ねばよかろう。こっちは手間が省けて助かる」

「あんたのおしゃべりも聞き飽きましたよ」

「……」

島岡別当の顔が怒りで朱に染まる。もし新一の目が見えれば、その形相の凄まじさに驚いたことであろう。

「そこまでつけ上がるか、新一」

「今までお世話になりましたと検校様に伝えて下さいまし」

「行くぞ」

島岡別当が小者を引き連れて出ていこうとして、ふと戸口で立ち止まる。肩越しに振り返って、

「藤一、三平、まさか、おまえたちまで検校様のお指図に逆らう気ではなかろうな？」

「ま、まさか、滅相もない」

三平が首を振る。

「ならば、急いでここを出ることだ。もたもたしていると、そこの馬鹿の巻き添えを食うことになるぞ」

島岡別当と小者が出ていく。

「新一さん、いいのかい？　今から詫びを入れれば別当様だって……」

「いいんだ。行け」

「なぜ、それほど死に急ぐ？」

藤一が訊く。

「もう捨てられないんですよ」

「どういうことだ？」

「十年前、大坂から逃げ出して、今まで、ずっとあっちこっちの土地を逃げ回って、その途中で邪魔になるものは何もかも捨てたんです。そのおかげで今でも、こうして生きてますが、だからといって、それが嬉しいわけじゃない。生きる喜びみたいなものを少しでも感じるわけじゃない。十年前に死んだ方がよかったんじゃないか、この頃、そんなことばかり考えるんですよ。健坊とちいちゃんを捨てたのは大きな間違いで、あんなことをしなければ、少しは増しな生き方ができたんじゃないか。そんな後悔をして嫌な夢ばかり見るんですよ。もう同じ間違いはしたくないし、同じような後悔をするくらいなら、ここで死んだ方がいいんです」

「新一さん、何だか、おかしいぜ。いつもと違うよ。どうしちまったんだい？」

「心配してくれるのはありがたいが、江戸で暮らすようになってから、今が一番まともだよ。別に狂ったわけじゃないし、投げ遣りになっているわけでもない」

「いいんですか、藤一さん？」

「決心は固いようだ」

「その通りです」

「いつ、そんな気持ちになったんだ？」

「さあ……」

　新一が小首を傾げる。

「竹とんぼを拵えてやったときでしょうかね。あの子たちの笑い声を聞いて、もう離れられないな、と感じましたよ」

「そうか」

　藤一が立ち上がる。

「止めないんですか？」

「新一は死ぬ気だ。そんな人間をどうやって説得できる？　無駄だよ」

「どっちみち、あの子たちだって殺されちまうんだ。一緒に死ぬなんて馬鹿だよ」

「馬鹿が不幸だとは限らない。この十年、利口に立ち回ったつもりだったが、おれは、ずっと幸せじゃなかったからな」

「わからねえ。新一さんの言うことは、おれには、さっぱりわからねえよ。金で殺しを請け負うような人間が、何だっていきなり聖人君子みたいな心持ちになっちまうんだよ」

「わからなくていいんだ、三平。おまえには、随分と世話になった。礼を言うぜ」

「……」

「ほら」

懐から財布を取り出して、三平に放り投げる。

「十両入ってる。何かのときに使うつもりだったが、冥土に行くのに金はいらない。水蜘蛛組の刺客にくれてやるのも業腹《ごうはら》だから、おまえにやる」

「……」

三平がうなだれる。

「水蜘蛛組の刺客が何人いるかわからないが、まともに戦って勝てる道理はない。おまえと、あの母子が生き延びる道があるとすれば、それは林蔵を倒すことだ」

「水蜘蛛三兄弟の……？」

「そうだ。検校様と水蜘蛛組が手打ちをしたとすれば、ここで三人の首を刎ねるつもりだろう。とすれば、必ず、林蔵が来る。そういうことが好きな男で、決して人任せにはしないと聞いている」

「……」

新一は黙り込んだ。藤一が何を言いたいのか、何を伝えようとしているのか、それを考えた。

「林蔵がいなければ、水蜘蛛組は蛇が頭を失うようなものだ」

「なるほど」

新一はうなずいた。

つまり、藤一は、こう言いたいのだ。水蜘蛛組の刺客が何人いるかわからないが、雑魚《ざこ》などいくら倒しても意味がない。刺客たちを率いる林蔵を倒すことこそが肝心であり、そうすれば刺客たちも四散するであろう、と。それが新一の生き延びる唯一の道だと藤一は教えてくれたのである。

新一とて死に急いでいるわけではない。ここで母子三人を見捨てるくらいならば死んだ方が増しだと思っているだけのことである。要は、健吾と千代を捨てたのと同じような思いを二度としたくないということなのだ。できれば、三人をここから脱出させて無事に木更津に送り届けてやりたいと願っているのである。

「ありがとうございます」

新一は深く頭を下げた。

「うむ」

藤一が入り口から出ていく。

「新一さん、この財布は預かっておく。死なないでくれよ」

「いいから行け。藤一さんに肩を貸してやれ」

十一

三平と藤一が出ていくと、新一は囲炉裏端に置いてある三味線やら仕込み杖やら、この農家に持ってきた荷物をすべて携えて奥に向かった。

そっと板戸を開けると、部屋の中から微かな寝息が聞こえてきた。夜が明けて間もないから、まだ子供たちは眠っているのだろうと新一は思った。

板敷きにそっと荷物を置くと、

「あの……」

女の声がした。加代である。

「すいません。起こしてしまいましたか」

「うちの人は、まだ戻らないでしょうか？」

「ええ。手間取っているようですね」

「この子たちをお願いできますか、うっ……」

苦しそうに咳き込む。

（また血を吐いたな……）

部屋を閉め切っているために、この部屋には常に血の匂いが漂っている。加代が喀血《かっけつ》するせいだ。そのたびに、慎太郎が濡らした手拭いできれいに掃除しているが、それで匂いが消えるわけではない。

ゆうべから、加代の吐く血の匂いが微妙に変わってきたことに新一は気が付いていた。腐臭が強くなっているような気がするのである。いいことではなかった。肺だけでなく、その周辺の臓器からも出血し始めているということだからだ。肺を病む者の末期症状といっていい。

「見ず知らずの方にお願いするのは図々しいと承知していますが、どうか、この子たちのことを……」

「ご心配には及びません。あんたたちを無事に木更津に送ってあげますよ」

「よろしくお願いします、よろしく……」

「……」

新一は加代ににじり寄った。顔の上に掌をかざす。何も感じない。もう呼吸をしていなかった。

（かわいそうに……）

幼い二人の子を残して死んでいくことは、さぞ、心残りであったろうと胸が痛んだ。

「おじちゃん」

お菊の声がした。

「ああ、起きたか。お兄ちゃんは？」

「おれも起きてるよ」

慎太郎が欠伸をする。

「おっかさんは起きてるかしら」

お菊が加代に手を伸ばそうとするのを、

「よく眠ってるから、起こしちゃかわいそうだよ」

新一が止めた。

「ふうん……」

「お菊ちゃんと慎坊に頼みがあるんだ」

「なに？」

「これから、ここにお客さんが来る。だけど、ちょっと怖い人たちでね。その人たちと会っている間、納戸に隠れていてもらえないかな」

「おっかさんは？」

「よく寝てるから、このままでいいだろう。わたしがそばにいるしね」

「それなら、わたしもここにいる」

お菊が言う。

「頼むよ。そんなに長くはかからないはずだから」

「いやよ」

「わがままを言っちゃだめだよ。ほら、兄ちゃんと一緒に隠れよう。それとも、暗いところが怖いのか？」

「怖くなんかないもん」

「それなら一緒に入ってみよう」

「いいわよ。わたし平気だもの」

「ありがとう、慎坊」

新一には慎太郎が気を遣ってくれたことがわかった。

「いいんだよ」

慎太郎はお菊の手を引いて納戸に隠れた。

新一は部屋の真ん中に坐り込むと、持ってきた様々な道具を床に広げ、すぐに使えるように用意し始めた。

まず、仕込み杖を膝元に置く。仕込んである刀の切れ味は決して悪くないが、普段でも二人くらい斬ると刃に脂がこびりついて斬れなくなる。昨夜、水蜘蛛組の刺客たちを斬ってから十分に手入れしていないから、この仕込み杖だけに頼るのはちょっと不安だった。

三味線の海老尾を取り外し、すぐにドスを抜くことができるようにした。その傍らに撥を置く。才尻から三寸の刃が飛び出す仕掛けになっているのだ。義甲を指に嵌めるかどうか迷ったが、とりあえず、嵌めないことにした。義甲を嵌めたままだと仕込み杖やドスが扱いにくいからである。袂に義甲を入れ、すぐに取り出せるようにした。

(さあ、来い)

支度を整えると、新一は大きく息を吸った。

五感を研ぎ澄まして、水蜘蛛組の刺客たちの来襲を待った。

いきなり、板戸が蹴破られ、強烈な殺気が新一に迫ってきた。仕込み杖の柄をつかみながら、新一は片膝をついた。

敵の攻撃をかわそうなどという気はない。常に死中に活を求めるというのが新一のやり方だ。

上段から刀が振り下ろされるのを感じながら、新一は刀を横に払った。刺客の脇腹を深々と切り裂く確かな手応えがあった。刺客は新一の横に倒れ込んだ。

が、それで殺気が消えたわけではない。

刺客たちは次々と新一に殺到してくる。

右手に刀を握ったまま、新一は左手でドスをつかみ、前方に体を投げ出した。立ち上がりざま、正面の刺客の腹に刀を突き刺す。

首筋にひんやりとした悪寒を感じた。

その瞬間、新一は床に仰向けに倒れ込んだ。その顔の上を刀が通過する。生と死の狭間《はざま》は紙一重である。新一は何も考えず、ただ本能の命ずるままに動いている。この修羅場では目が見えないことが、かえって幸いしている。目で見てから行動したのでは遅い。見る前に行動するくらいでないと間に合わないのである。それ故、目が見えないことが新一には幸いしているのだ。二人の刺客が命を落とし、まだ新一が生きているのは、その差であった。

すぐ傍らに立っている刺客の脛を刀で払う。

ぎゃっ、と叫んで刺客の体勢が崩れる。

素早く起き上がった新一は、その刺客の腹と胸を続けざまに刀で刺す。刃先が骨にぶつかる鈍い手応えを感じ、新一は刀から手を離した。刃こぼれした刀では役に立たない。壁際まで床を転がり、壁に背をつけたまま、袂から義甲を取り出して三本の指に嵌めた。

周囲の気配を探る。

殺気は消えてはいない。

だが、その殺気を刺客が発しているのか、それとも新一自身が発しているのか区別がつかなかった。床に血溜まりが広がり、血の飛沫が空中に散っている。血の匂いが新一の嗅覚を麻痺させている上に、刺客たちとの戦いで神経が高ぶったために耳鳴りがして聴覚も鈍っている。

（どこだ。どこにいる？）

新一がゆっくりと体を起こす。

部屋の外から、

「火をかけろ。焼き殺してしまえ」

という男の声が聞こえた。

油壺が投げ込まれ、床にぶつかって割れた。油が床に広がる。さすがに油の匂いは、新一もすぐに判別できた。

火が投げ入れられる。

たちまち部屋の中は火の海となる。

新一は、荷物の中からふたつのもぐさ袋を取り出す。ひとつずつでは無害だが、二種類のもぐさを混ぜ合わせると毒になるという特殊なもぐさである。二種類のもぐさをこね回して炎の中に放り込む。たちまち毒素を含んだ煙が立ち籠める。とにかく、刺客たちをこの部屋の前から追い払わなくては、どうにもならない。それで一か八かの賭けに出たのだ。

加代の傍らには水を張った盥《たらい》と何枚かの手拭いが置かれている。新一は、三枚の手拭いを水に濡らして絞ると、

「おい、出ろ」

納戸を開ける。

中では、慎太郎とお菊が抱き合って震えている。

人と人が殺し合う恐ろしい気配を感じていたのであろう。

「これを口に当てなさい」

新一が手拭いを二人に渡す。一枚は自分が使うのだ。

「ここを出るぞ」

「おっかさんは？」

お菊が訊く。

「おっかさんは眠っている、もう目を覚まさないよ」

「死んだの？」

慎太郎が訊く。

「おまえたちのことを頼まれた。わたしについてこい。いいな？」

「でも……」

お菊が泣き出す。

「ここにいれば、おまえたちも死ぬことになる。慎坊、お菊ちゃんを頼むぞ」

「わかりました」

「手拭いで口をしっかりと押さえておけ。行くぞ」

新一が子供たちの手を引いて、炎の中を走り出す。

部屋を通り抜けるときに床から撥を拾い上げた。

「目が痛い！」

「おれもだ」

「もう少しだ、頑張れ」

部屋から飛び出す。

そこに刺客たちはいない。その場に留まっていれば、もぐさの毒にやられているはずであった。毒のもぐさを焚《た》くことで、うまく刺客たちを追い払うことができた。

だが、もたもたしていれば新一たちも命がない。

新一自身、手足に微かな痺れを感じ始めている。

一気に土間まで走り出る。

「ここにしゃがんでいなさい。すぐに呼ぶから」

竈の横に二人を坐らせると、新一は、

「おい、林蔵。こっちの負けだ。子供たちを連れて出ていく。手を出さないでくれ」

と大きな声で叫んだ。

すると、

「もう遅い。おまえたちには、ここで死んでもらう。あれだけ暴れておきながら、今更、命乞いとは情けないぞ、座頭」

野太い声が聞こえた。

（林蔵、そこか）

新一は、声の聞こえた方に向かって戸口から走り出した。出てきたぞ、あれは座頭だ、やっちまえ……そんな声がすぐそばで聞こえた。

「片付けちまえ」

また林蔵の声がした。

周囲から殺気が押し寄せるのを、新一は感じた。

が、新一は無視した。雑魚など、いくら倒しても仕方がない。林蔵を殺さない限り、この窮地から脱することはできないのだ。

（林蔵を殺《や》るのが早いか、それとも、おれが殺られるのが早いか）

肝心なのは、そのことだけだ。

左の肩を斬られた。

右の腰を斬られた。

しかし、新一は立ち止まらなかった。

幸い、どちらも致命傷ではない。

「座頭！」

林蔵の吐き出す息の匂いを嗅ぎ分けられるほどに新一は林蔵に迫った。

腹に痛みを感じた。

刃物で刺されたのだ。

それが、どれくらいの深手なのか新一にはわからない。

左手で林蔵の襟をつかむ。

(ここか)

相手の位置が正確にわかれば、それでいい。

中指と人差し指を揃えて伸ばし、それに親指を添える。

三本の指で開元を突く。開元というのは、臍《へそ》の少し下にある経穴だ。急所である。

うっ、と呻き声を発して、林蔵が体を丸める。

顔が近付いてきた瞬間、すかさず、人中を突いた。

これは鼻と唇の間にある急所だ。骨が砕け散った。

最後に刃の飛び出した撥を林蔵の左目に深々と突き刺した。林蔵は声も立てずに仰向けに倒れた。

(死んだ……)

林蔵を殺したことを、新一は確信した。

「座頭、おとなしくしろ。ガキどもを殺すぞ」

家の方から刺客の声がした。

お菊と慎太郎の泣き声も聞こえる。

そこに、

「おいおい、さすがに水蜘蛛組のやり方はえげつないな」

藤一の声がした。

次いで、刺客の悲鳴が聞こえた。

藤一が子供を盾に取った刺客を斬ったのだ。

「どうやら林蔵は死んだらしい。あんたら、まだ戦うつもりなのかね？」

まだ四、五人の刺客たちが残っていたが、藤一の恫喝《どうかつ》に怖れを為したのか、それとも、林蔵の死を目の当たりにしたせいなのか、潮が引くように姿を消した。

「家が燃える。ここは危ない」

三平の声だ。

「何だ、おまえ、まだ残ってたのか？」

「最後まで成り行きを見届けたかっただけさ」

「子供たちは？」

「無事だよ。怪我もしてない。あの子たちのおっかさんは？」

「死んだ」

新一が首を振る。

「すると、これが弔《とむら》い火ってことになるのか……。さあ、もっと離れないと危ないぜ」

「おじちゃん」

「おじちゃん」

お菊と慎太郎が駆け寄ってくる。

「ここを離れよう。家が焼けるよ。おっかさんを見送ってやるんだよ」

十二

「随分ひどくやられたな。命に関わるような傷のないのが幸いだが……」

新一を手当てしながら、藤一がつぶやく。

肩や腰、腹を斬られたり、刺されたりしている。腰と腹の傷は、ほんのちょっとでもずれていたら命取りになるほどの怪我であった。

「何とか歩くことはできそうです」

「このまま行くつもりなのか、木更津に？」

「ええ。あの連中が戻ってこないとも限りませんから」

「そうか。おい、三平。舟を見付けられるか？」

「任せておいて下さい。十両もあれば、木更津行きの舟を見付けるくらい簡単です。断る船頭なんかいませんよ」

「おい、その十両は……」

「預かるだけだと言ったはずだぜ。ほら、財布を返すよ」

「すまないな」

「もう行くかい?」

「うむ」

新一がよろよろと立ち上がる。

「藤一さんにまで、とんだ迷惑をかけちまって申し訳ありませんでした」

「なあに、気にするな。餞別《せんべつ》代わりだと思ってくれればいい。もう江戸には戻らないつもりなんだろうな。その子たちを送り届けた後だが」

「先のことは何も考えていません。何とか、この二人を無事に送りたいと考えているだけです」

「そうか」

藤一がうなずく。

「また江戸に現れるようなことがあれば、おまえと命のやり取りをすることになるかもしれないな。あまり気は進まないが、そのときは遠慮しないことだ」

「はい」

「三平、送っていってやれ」

「行こうぜ、新一さん」

「それじゃ、お菊ちゃん、慎坊、行くよ」

「はい」

二人が新一に寄ってくる。

「おれたち、どこに行くの？」

「おじいちゃんのところだ」

「お父っつあんは？」

「先に行ってるらしいよ」

まさか父親まで死んだとは言えなかった。

お菊が訊く。

「おじちゃんが連れて行ってくれるの？」

「うむ」

「よかった。それなら安心だわ。ねえ、お兄ちゃん」

「そうだね」

三平に先導されて、三人は歩き出した。

藤一はその場に佇み、

「達者でな」

と声をかけた。

（木更津まで辿り着くことができるか……）

新一も不安であった。

しかし、自分の選んだ道に後悔はない。

少なくとも同じ過ちを繰り返しはしなかった。

そのことに満足していた。

〈完〉

解　説

末國善己

富樫倫太郎《とがしりんたろう》は、一九九八年、平安時代を舞台にした伝奇小説『修羅の跫《あしおと》』でデビューした。その後の活躍は目覚ましく、市井《しせい》ものの『市太郎人情控《いちたろうにんじょうひかえ》』、時代経済小説『堂島《どうじま》物語《ものがたり》』、仏教学者・富永仲基《とみながなかもと》の激動の生涯を描く『風狂奇行《ふうきょうきこう》』、ベストセラーになった戦国青春小説「軍配者《ぐんばいしゃ》」シリーズなどの歴史小説、そして警察小説「SRO　警視庁広域捜査専任特別調査室」シリーズと、多彩なジャンルの作品を発表している。

著者の創作の柱の一つに、江戸の裏社会を血と暴力に彩られた過激な描写で描くノワール時代小説がある。押し入った一家を皆殺しにする盗賊団を率いる閻魔《えんま》の藤兵衛《とうべえ》と、火盗改の中山伊織《なかやまいおり》との壮絶な戦いを描く『女郎蜘蛛《じょろうぐも》』、薬の行商人は表の顔、裏では阿修羅《あしゅら》の仁兵衛《にへえ》を頭目とする冷酷非情な盗賊団の一味の甚八《じんぱち》が、惚れた女のために足を洗おうとする『蟻地獄《ありじごく》』などが代表作となる。大坂の暗黒街を仕切る山村検校《やまむらけんぎょう》の配下で、盲目の暗殺者として暗躍する新一《しんいち》を主人公にした『闇《やみ》の獄《ごく》』も、その一つである。

盗賊・鬼坊主《おにぼうず》の達三《たつぞう》の下で働く新之介《しんのすけ》は、持ち前の美貌で女に近付き、狙った家に一味を引き込む役をしていた。ある日、商家を襲った一味は、目的通りに金を奪い、家に火を放って逃げるが、新之介は仲間に斬られ置き去りにされてしまう。実は新之介は達三の怒りを買っていて、粛清されたのである。顔に大火傷を負い盲目になった新之介は、獄門になるところを山村検校に救われ、暗殺術を仕込まれた座頭の新一として生まれ変わる。『闇の獄』は、ある理由で山村検校の下を離れる決意を固めた新一が、次々と送り込まれる刺客と戦う場面がクライマックスになっていた。

江戸にたどり着き、暗黒街の大物・森島《もりしま》検校の庇護を受ける新一が、依頼された暗殺を遂行していく本書『闇夜《やみよ》の鴉《からす》』は、傑作『闇の獄』の続編である。長編だった前作とは異なり、本書は全七作からなる短編集となっている。基本的に一話完結だが、ある一編が、別の一編と繋がっていたり、新一の命を狙う刺客との死闘が物語全体を牽引したりするので、長編小説の骨格も持ち合わせている。そのため本書は、短編の切れ味とバラエティの豊かさ、長編のダイナミズムの両方が楽しめるのである。

ここまで書くと改めて説明するまでもないだろうが、「闇の獄」シリーズは、子母澤寛《しもざわかん》の短編集『ふところ手帖《てちょう》』に収録された「座頭市物語《ざとういちものがたり》」を、勝新太郎の主演で映画化した「座頭市」シリーズと、池波正太郎《いけなみしょうたろう》『仕掛人・藤枝梅安《ふじえだばいあん》』を原型にしながらも、後に独自の発展を遂げたテレビ時代劇「必殺」シリーズへのオマージュなのだ。

作中には、「目が見えるってのも不便だねえ」など、「座頭市」シリーズを彷彿とさせる台詞が随所に出てくる。また、見た目は一寸ばかりの鍼《はり》だが、内部の仕掛けで長さが倍に伸びる「大鍼《おおばり》」、箏《そう》を弾く時に指に嵌《は》める爪ながら、鉄製で頸骨《けいこつ》など簡単に潰せる「義甲《ぎこう》」、細い鉄と麻を縒《よ》った三味線の糸など、「必殺」シリーズに出てきそうな隠し武器も登場するので、映画やドラマのファンなら思わずニヤリとしてしまうのではないだろうか。

巻頭の「闇夜の鴉」は、新一が、同じ長屋に住む一家のトラブルを解決するのに奔走しながら、暗殺する人物の名前が伏せられた奇妙な命令を遂行していく。鉄蔵《てつぞう》は、かつては腕のいい簪《かんざし》職人だったが、今では身を持ち崩し、娘のお幸《さち》、息子の鶴吉《つるきち》の稼ぎを当てにしていた。それでも金が足りず、お幸を岡場所に売り飛ばしてしまう。それに激怒した鶴吉は、お幸を買い戻すため賭場で一獲千金を狙い、次に追い剝ぎで金を得ようとする。姉を売り飛ばすようなろくでもない父親に負けず、懸命に生きる兄妹に新一が救いの手を差し伸べるからこそ、非情なラストが強く印象に残る。このラストは、真の人情とは何か、家族とは何かを考えるきっかけにもなるように思えた。

「隣の女」は、用心棒に加え、熊狩りに使う巨大な猟犬を連れ、さらに短筒で武装した金《きん》治郎《じろう》を、新一がどのようにして暗殺するのかが眼目になっている。その頃、新一の長屋の隣室に、夜鷹《よたか》のお絹《きぬ》が越してくる。お絹と親しくなった新一は、金治郎をお得意さまにしているお絹の手引きで屋敷に入り、間取りや警備の状況を確認するなどして、着実に準備を進めていく。あまりにでき過ぎた展開に思えるが、その中にトリックが隠されているので、驚愕のラストには衝撃を受けるはずだ。

「つぶての孫七《まごしち》」は、復帰した老十手持ちで、つぶて投げを得意とする孫七が、執拗に新一を追う物語である。孫七のモデルは、投げ銭を得意とした野村胡堂《のむらこどう》『銭形平次捕物控《ぜにがたへいじとりものひかえ》』の平次と考えて間違いあるまい。新一を殺し屋と睨み、次のターゲットを探し出して新一を捕縛しようとする孫七と、その捜査網をかいくぐり、暗殺を実行しようとする新一の息詰まる攻防戦は、暗殺を題材にしたフレデリック・フォーサイスの名作『ジャッカルの日』を思わせる。夜の闇を味方にしている新一と、同じく暗闇でも気配を察知してつぶてを投げる孫七の迫力の戦闘にも、魅了されるだろう。

孫七は、新一を捕縛したいと上役の矢萩幸四郎《やはぎこうしろう》に具申するが、幕府から手厚い保護を受けている座頭に手出しするのを幸四郎は渋る。警察小説には、上からの圧力で容疑者の周辺が探れなくなるという展開が出てくるが、それに近い幸四郎の対応は、本書の後に発表された警察小説「ＳＲＯ」シリーズに繋がっているのかもしれない。ただラストに待ち受けるダークな展開は、警察小説というよりも、社会派推理である。

ちなみに、江戸幕府は視覚障害者を保護するため、三味線や箏などの演奏、鍼灸按摩《しんきゅうあんま》、金融業など、それぞれに職能組合「座」を組織させ、職業の独占的な営業を認めていた。新一の武器に箏の爪を改造した「義甲」があるのは、それが視覚障害者の職業と関係が深いからなのである。江戸の視覚障害者には階級があり、一番下が新一も属する「座頭」、それから「勾当《こうとう》」、「別当《べっとう》」と上がっていき、最高位が「検校」である。この呼び名は、『平家物語《へいけものがたり》』を語った琵琶法師《びわほうし》の称号が由来ともいわれている。

森島検校に命じられた新一が、鍼を打った相手が一年後に死ぬ秘技を同業の藤一《とういち》に伝授する「一年殺し」は、大店《おおだな》の息子、娘の依頼を受けた新一たちが、老いた大旦那と肉体関係を持ち、店の乗っ取りを目論む常磐津《ときわず》の師匠を始末しようとする物語で、いわゆる〝後妻業〟を題材にした先駆的な作品といえる。常磐津の師匠の相棒は、何人もの女を騙し、金を貢がせていて、その中に「闇夜の鴉」に登場したお幸《さち》もいた。弟の鶴吉が男を問い詰めようとしたことから、事態はさらに複雑になるのである。

新一が凄腕の刺客に襲われる戦闘シーンから始まる「後家狂い」は、新一が行き付けの縄暖簾「きよ川」の主人・文治《ぶんじ》が、妖艶な後家に大金を貸していることが判明、心配する娘お陸《りく》から相談を受けた新一が、解決のため一肌脱ぐことになる。新一は、依頼があれば女でも平然と殺す非情さを持っているが、同時に、社会の荒波に揉まれながら懸命に生きている庶民、特に女性と子供にはやさしい。非情と人情が絶妙のバランスで配された「後家狂い」は、本書の特性が凝縮しているのである。

続く「影法師」も、眠っている新一が吹き矢で狙われる場面から始まる。山村検校は新一の命を狙っていたが、森島検校との間で手打ちが成立してからは刺客を送らなくなっていた。ところが、山村検校が病に倒れ跡目争いが勃発、点数稼ぎに裏切り者の新一を倒そうという人間が出てきた。これが、暗殺者が出没する原因だったのだ。

新一は、十歳くらいの息子を連れて隣室に越してきた女が、大坂からの刺客ではないかと疑う。新一は、何気ない会話から、女は本当に刺客なのか、刺客ならいつどのように仕掛けてくるのかを推理していく。その先に待ち受ける驚愕のどんでん返しは、ミステリータッチの作品が多い本書の中でも、最高傑作といって過言ではない。

最終話「水蜘蛛組《みずぐもぐみ》」は、暗殺を題材にしたこれまでの作品とは一転、裏切り者は一家皆殺しにする盗賊団・水蜘蛛組を抜けた男の家族を、新一が護衛する。アメリカには、犯罪組織の不正を議会や法廷で証言する人物を、報復から守る証人保護プログラムがあり、今回の新一の任務は、この制度を思わせる。証人保護プログラムは『ラピッド・ファイアー』や『イレイザー』『ファイヤー・ウィズ・ファイヤー』などの映画の題材にもなっている。隠れ家に男の家族を匿った新一が、迫り来る刺客たちと繰り広げる死闘は、ハリウッド映画に勝るとも劣らない迫力だ。かつて山村検校を裏切った過去が、裏切りによって窮地に立たされた家族を守るために戦う新一の原動力になっている展開も感慨深く、まさに掉尾《ちょうび》を飾るに相応しい完成度となっている。

テレビの「必殺」シリーズは、仕事人がわずかな金でも殺しの依頼を引き受けるため、権力者に虐げられている貧しい庶民を救う人情味も強調されていた。ただ「必殺」シリーズの原型になった池波正太郎『仕掛人・藤枝梅安』では、暗殺の依頼には最低でも五〇両が必要で、貧しい人は必死に金を貯めなければならないので設定はドライである。

本書も、暗殺を頼むには大金が必要とされているが、依頼人は大金持ちばかりで、依頼の理由は商売敵や邪魔者の抹殺である。いってみれば本書は、庶民の生活とは無関係のところで、豪商や犯罪者が潰し合いをやっているのだが、物語が進むにつれ、醜い権力闘争が、庶民の平穏な日常を乱している事実も浮かび上がってくる。

金で殺しを請け負う悪党の新一が、より巨大な悪を討つだけでなく、真っ当に生きている庶民を救ってくれる人情味があるからこそ、本書には深い感動があるのだ。

しかも、新一は危険かつ不安定な暗殺者なのに、一回の殺しの報酬はわずか二両。現代でいえばブラック企業の従業員のように搾取されている新一が、悪に立ち向かう展開が、読者をより痛快にしてくれることも間違いないだろう。

著者が、視覚障害者をヒーローにしたのは、単に『座頭市』へオマージュを捧げただけではなく、裏の仕事をすることで、社会の奥底に潜む〝闇〟を次々と暴いていく新一を通して、社会には普段目に見えないところに〝闇〟が広がっているということを示すためだったようにも思えるのである。

このところ富樫倫太郎は、幕末を舞台にした『風の如く　吉田《よしだ》松陰《しょういん》篇』『土方歳三《ひじかたとしぞう》』、北《ほう》条《じょう》早雲《そううん》の生涯を描く大作の第二部『北条早雲　悪人覚醒篇』、大谷吉継《おおたによしつぐ》を主人公にした『白頭《はくとう》の人』など、歴史小説に比重を移している。本書は続編を期待させる幕切れになっているので、ノワール系時代小説の新作も期待したい。

（すえくに・よしみ　文芸評論家）

『闇夜の鴉』二〇一〇年二月　徳間文庫

中公文庫

闇《やみ》夜《よ》の鴉《からす》

2015年４月25日　初版発行

著　者　富《と》樫《がし》倫《りん》太《た》郎《ろう》

発行者　大 橋　善 光

発行所　中央公論新社

〒104-8320　東京都中央区京橋2-8-7
電話　販売 03-3563-1431　編集 03-3563-2039
URL http://www.chuko.co.jp/

ＤＴＰ　柳田麻里
印　刷　三晃印刷
製　本　小泉製本

Published by CHUOKORON-SHINSHA, INC.
Printed in Japan　ISBN978-4-12-206104-0 C1193

定価はカバーに表示してあります。落丁本・乱丁本はお手数ですが小社販売部宛お送り下さい。送料小社負担にてお取り替えいたします。